書棚の番人＊目次

プロローグ

家に帰ると、まっすぐ机の前に行き、エアコンを入れるより先にデスクトップのパソコンを起動させる。ウィーン、ガガガガと音を立て、機械の内部が少しずつ目覚めていくのを確かめると、エアコンのスイッチをオンにした。洗面所に行き、顔を洗ってうがいする。子どもの頃の習慣は恐ろしいもので、これをやらないと落ち着かない。

「うがいをしないとバイキンが身体の中に入ってくるよ」

〇〇しないと××になる。

かあちゃんはよくそういう言い方をした。いま考えると脅しのようだ。

ちゃんと食べないと、大きくなれんよ。

嘘吐きだと、みんなに嫌われるよ。

あんな子とつきあうと、不良になるよ。

勉強しないと、おとうちゃんみたいになるよ。

子どもの頃のかあちゃんは絶対で、逆らうことなんか思いつきもしなかった。俺はかあちゃんの言いつけを守ったのに、こんな冴えない日々を送っている。

「おとうちゃんみたいになる」とかあちゃんは言ったが、とうちゃんは高卒でずっと工場勤めだったけど、名前の通った会社の正社員だった。中古だけど家も買えた。昔はみんなそうだったらしい。とうちゃんみたいになれたら、俺はそれで十分だったのに。

冷蔵庫を開けて中を覗(のぞ)く。リサイクルショップで購入した中古のツードアの小さな冷蔵庫の中には、ビールが数本、黄色くしなびたキャベツが半分、茶色い水のようになって嫌な臭いを発しているもやし、それに何日か前に開けた缶詰のほたる烏賊(いか)が、ひからびて半分残っている。

ビールをひと缶取り出し、プルトップを引く。

自分が酒を飲んでいると知ったら、かあちゃんは激怒するだろう。まだ未成年なのに、と怒鳴りつけられるに違いない。それを思い浮かべるだけでも、うんざりする。家にいれば炊事洗濯やってもらえるから楽だけど、ひとり暮らしを始めてよかった。気楽だし、こころ穏やかでいられる。

俺はもう十九歳だし、一人前に働いて自分の金で買った酒だ。誰にも文句は言わせない。

そもそも職場の飲み会では「四捨五入すれば二十歳だろ」とかなんとか言われて、コップに酒を注(つ)がれる。体質的に呑めないならともかく、年齢を理由に拒むことはできなかった。酒が生きがいのようなおやじ連中が多数派の職場なのだ。できるだけ目立たず、みんなとうまくやりたいと思っている俺は、注がれた酒は素直に呑むようにしていた。

最初は苦いだけだと思っていたビールも、一ヶ月も経たないうちに美味しいと感じるようになっていた。むしろ最近では甘ったるい清涼飲料水よりも、苦いビールの方が好ましい。今日みたいに蒸し暑い日は、仕事後の一杯がたまらなくうまい。

パソコンの前に座る。パソコンは起動し終わっている。まだ七時過ぎだから、ゲームには早い。いっしょにやってるパーティの連中が集合するのは、夜の八時なのだ。それまでの時間はネットサーフィンをして過ごす。最近ではブログや掲示板よりもSNSが面白い。SNSというものができてつくづく便利になったと思う。ちょっと前までは攻略本を見ないとわからんかったことも、コミュニティで聞くとすぐに誰かが教えてくれる。いま見ているSNSは紹介制を取っているから、おかしなやつは少ない。とんでもない意見には誰かがやんわり釘を刺してくれるし、場を乱さないということをみんなが心得ている。

現実には友だちもおらんし、職場でもあたりさわりのない会話しかしないから、ここは俺にはとても大事な場所だ。自分らしくいられる。SNSをやっていなかったつい一、二年前までは、どうやって日々をやり過ごしとったんだろう。

いつもチェックしているゲームのコミュニティを開く。一日経てば最新スレッドの順番は大きく変わり、昨日までの最新が今日の過去になっていることもある。ネットゲームのユーザーは必ずしも忙しい社会人ばかりではない。学生や主婦、あるいはフリーターのような人までさまざまだ。俺の過ごしている日常からは考えられないような時間帯でだって、誰かの一日を感じることができる。

毎日見ているとはいっても、特に変わったことが書き込まれているわけでもない。身内の面白話、なんのボスを倒した、やっと転職できた。誰もが自分の中の特別な出来事を話し、それを面白いと思った人が返事をする。ゲームの中とはいえ、自分が楽しんでいる世界で起きる出来事は、すばらしいものであってほしい。退屈な毎日を送っている俺の中にだって、そういう願いのような感情はある。そして、それが実現しているからこそ、毎日ネットの海を気持ちよく漂っていられるのだ。

目を滑らせていくと、マウスホイールを一度転がしたくらいで「昔熱中していたゲーム」というスレッドが目についた。俺がハマっていたのは何だったっけ、と思いながら開く。『星のカービィ』『スーパーマリオブラザーズ』といった馴染みのあるタイトルから、『グラディウス』『くにおくん』など、名前は聞いたことがある程度のものまで、実にさまざまなタイトルが取り上げられていた。みんな自分の思い出を熱く語っている。俺自身ハマっていたけど忘れていたようなタイトルも多く、

「人の記憶なんて曖昧なもんだな」と他人事のように思った。

　そんな中、ひとつのタイトルが目についた。『ドラゴンクエストⅡ』。

あ、懐かしい。反射的にその書き込みをした人のプロフィールへ飛んだ。楽しげな日記と、その人のフレンドと、その下には所属するコミュニティが書かれている。そこに「ドラクエⅡの集い」というコミュニティをみつけ、すぐにクリックする。缶ビールをあおっていると、昔のことが数珠繋ぎに思い出される。そうだ、あいつはいまどうしてるだろう。こんなところでみつかるわけないけど、と思いながらも、コミュニティ所属者の一覧を開いてみる。読み込みが終わるまでの少しの時間が、やけに長く感じる。

　忘れたことのないあいつのフルネームで探す。あだ名は……ない。イニシャルはどうだ？　順番を逆にしたら？　何人かみつかったそれらしいユーザーを、片っ端から新しいウィンドウで開いておき、順番に確かめては閉じていく。プロフィール、フレンド、所属コミュニティに日記。ほとんどが手掛かりとなるような情報は記載していない。何人かは無関係だとはっきりわかった。

　そんな中で目を引いたユーザーがいた。フレンドは全然おらず、コミュニティも「ドラクエⅡの集い」のみで、『ドラゴンクエストⅡ』についての日記だけがぽつんと書かれている。曰く「ドラクエⅡは最後までプレイヤーの腕と努力が試される」

「同じ行動を繰り返していればクリアできる、ようにはなっていない」「どれだけ上達しても、クリアまで努力を続ける余地がある」「運次第の部分が多く、何度やっても同じプレイ内容にならない」……言っていることの半分も理解できなかったが、その口ぶりはあいつを彷彿とさせた。

まさか。いや、きっとそうだ。

その名前、ダイダラボッチというのは、あいつがゲームのキャラクターに好んでつけていたものだ。プロフィールをあらためて見返す。あいつだという前提で見なければわからない、切れ端のような情報ばかりが並んでいる。たとえば、「裏山育ち」とか「スーファミとタメ」とか。

俺にはそれで十分だった。アイコンも無意味な画像に見えていたが、このユーザーが誰であるかわかったいま、何であるかを理解した。これは家の近くの電波塔の足元の部分だ。

懐かしさと興奮に息を呑み込み、大きく吐き出してから、震える手で口元を押さえてつぶやく。

みつけた。僕の友だち。

1

バックヤードの扉を開けると中は薄暗い。天井近くの明り採りの窓から、冬の朝の弱い光が漏れている。そこだけが外部の気配と繋がる場所なのだ。正和はほっと溜め息を吐く。

ふだんはフラットな電灯の光に包まれているから気づきにくいが、本屋という職場には窓がない。窓は書棚で塞がれている。スペースの有効活用の目的もあるが、太陽光線は本のカバーを褪色させるから嫌われるのだ。外出することもなく一日中売り場とバックヤードを往復していると、閉塞感で息苦しくなる。

手探りでドアの横にある電気のスイッチをオンにする。視界がぱっと明るくなって、ダンボールの山と本がごちゃごちゃ積まれた棚が目に飛び込んでくる。引っ越し途中のような散らかり具合だが、これが本屋の日常だ。右手にあるタイムカードの上から二番目に椎野正和という名前がある。社歴や仕事内容から、この店では正和がナンバー2ということになっている。給料も上から二番目だが、それでも労働時間に見合った収入かというと、正和には疑問がある。機械に差し込むと、〇六：五〇と打刻される。早番は七時出社だから、まあまあの出社時間だ。次にカードの下の方にある本橋駿のカードを取り出して打刻する。本橋は学生アルバイト。代返ならぬ代刻だ。電車に乗っている時、本橋からＬＩＮＥで、「五分くらい遅れそう。タイムカード頼みます」と連絡が来たのだ。

またか、と思う。今月に入って既に二度目だ。頼まれれば自分が引き受けてくれる、と信じているのだろう。望み通りタイムカードを押す。本橋のためというより、そんなことでいちいち筋を通すのがめんどくさい、と思うからだ。

店長が知ったら怒るだろう。そんな態度だから、バイトになめられるんだ、と。だけど、自分は副店長という肩書があっても契約社員にすぎない。この書店に十年勤めているが、いまだに正社員にはなれずにいる。近年の出版不況のせいで、正社員昇格はおろか、いつ首を切られてもおかしくない立場だ。だから副店長といっても心情はバイトの連中に近いし、会社に忠誠を尽くすつもりもない。せめて現場では楽しくやりたい。ちょっとくらいの遅刻を見逃してやって、何が悪いんだろう。

早朝のバックヤードはしんとして、空気が硬い。張りつめたような空気ではなく、誰の足跡もついていない雪道のような静謐さがもたらす硬さだ。そこで作業するのは嫌いじゃない。日中のざわついた気配の中でいろんな人の相手をするより、早朝のバックヤードでひっそり仕事している方がはるかに好きだ。

取次会社から届いている荷物を確認する。山手線の西北、高田馬場駅のすぐ傍にこの店はある。坪数も二百坪とそれなりの広さだから、届く荷物も少なくはない。毎日ダンボール箱や結束された雑誌がどかんと運び込まれる。その数の多さにうんざりする間もなく、まずは雑誌の検品だ。店を開ける前に、届いた雑誌の種類と数をチェックし、付録があるものは雑誌本体と合体させ、定期購読の分を取り分ける。その作業をすべて終わらせてから、売り場のスペースが許す限り、たくさんの雑誌を平台や棚に並べる。

「すみません、ちょっと寝坊してしまいまして」

あせった様子で本橋が駆け込んで来たのは、定刻から二十分ほど過ぎた頃だった。ピアスに茶髪、ファッション雑誌から抜け出してきたような派手なシャツにだぼだぼのパンツ。遅れてきても、髪はきれいにブローされている。その頃には、正和はすべての付録と本誌の合体を終わらせていた。

「今日は俺だったからいいけど、いつもだったらそうはいかない。気をつけろよ」

一応、社員ぶって注意をする。正和らしくないと思ったのか、本橋は笑いをこらえたような目でこちらを見る。『ほんとうはこれくらいの遅刻なんか気にしてないのでしょう?』と訴えるような、甘い媚を含んだ目だ。女ならともかく、年下の男にこういう目をされると、こころがざわつく。本橋の視線から逃れるように、正和は手元の雑誌に目を落とす。

「すみません。かわりに家でＰＯＰ一枚書いてきます。いま、東野圭吾の新刊読んでますんで、それで」

「わかった。じゃあ、それで手を打とう」

　正和は冗談っぽく返事をする。正確には、本の販売促進のためのカードとかチラシ全般のことをＰＯＰと言うが、一般的には本の傍に立てる宣伝コメントのついたカードのことを指す。手書きＰＯＰがついた本は売れ行きがいいので、会社も奨励している。だが、なかなか現場は実行しない。ＰＯＰを一枚書くのにも三十分や一時間は掛かる。それをやるのは時間外だし、それで本の売り伸ばしに成功したところで、手当が出るわけでもない。この店で好んでＰＯＰを書こうとするのは、正和と本橋くらいだ。バイトの本橋はチャラい外見に似合わず本読みで、気が向くと好きな本のＰＯＰを書いて持って来る。正和が本橋の遅刻を見逃すのはそれが理由でもある。

「雑誌の方、定期購読者のリストはありますか？」

「その、包みの上のところ」

　本橋はリストを取り上げて、仕事に取り掛かる。読み合わせをして、ふたりで確認して進めたので、これもすぐに終わった。

「次、単行本行くか」

そう言いながら、正和の手はすでに今日届いたダンボールに掛かっている。カッターを使ってすぱすぱとガムテープを切り、素早くダンボールを開いていく。この作業は楽しい。仕事の中でこれがいちばん好きだ。いち早く新刊が見られるというのは、こころときめく。好きな作家の新刊があれば胸が躍るし、売れそうな本をみつけてどう仕掛けようかとイメージするのも、本屋ならではの喜びだ。

この日も、いつも通りにダンボールを開けた。

その瞬間、ぱっと目に飛び込んできたのは、異様な本だった。

二列並んだ表紙は真っ黒。帯も黒い。

そこに浮き出る真っ赤なタイトル文字。

タイトルと同じくらいの大きさで書かれた著者名。

それを見た瞬間、正和の頭がフリーズした。意識が身体から離れて、遠くから自分を眺めているような錯覚に陥(おちい)る。

書かれている文字の意味が理解できない。アラビア文字か何かのように、書かれている文字が記号のように見える。

「椎野さん、どうかしましたか？」

本橋の声が耳を打ち、ようやく正和の意識と身体がひとつになる。

箱の中から本を取り上げ、もう一度、タイトルを見る。真っ黒なカバーに、血が滲んだように赤い文字で書かれたタイトル。そして、著者名。

『告白　名古屋東部女子中学生殺人事件　死我羅鬼　潔著』

帯を見る。帯もカバー同様真っ黒で、文言だけ白い。まるでダイイングメッセージのように、禍々しく訴えてくる。

『十七年経っても、僕は事件から逃れられない』

十七年経っても。

十七年経っても。

十七年経っても。

呪いのような言葉に、思わず「ぐえっ」と、大きな声とも嗚咽ともつかないものが、正和の口から出ていた。胸がむかむかして吐き気がする。慌てて口を押さえるが、吐き気は収まらない。

「どうしたんですか？」

本橋が案ずるような顔で、こちらを見ている。それで、叫びたい気持ちを正和はかろうじて抑えた。

「なんか、おどろおどろしい本ですね」

本橋はこぼれ落ちた本を拾って、しげしげと表紙を眺めた。

「殺人犯の告白本？　僕、嫌だなあ。こんな本、読みたいやつ、いるのかな？」

他人事のように能天気な声だ。

正和はデニムのポケットに入っていたティッシュを取り出し、唾を吐いた。むかむかするが、朝何も食べていないから、胃はからっぽのはずだ。

「気持ち悪い本ですよね。まあ、目立つって言えば目立ちますけど」

「ああ、気持ち悪い。見るのも不愉快だ」

「ところで、名古屋東部女子中学生殺人事件って、どんな事件でしたっけ？　死我羅鬼潔っていうのが犯人の名前なんですか？」

あっけらかんとした本橋の問いに、正和ははっとした。

「事件、知らないの？　十七年前、すごい騒ぎになった……」

「十七年前だと、僕まだ四歳です。テレビで観ていたとしても、覚えてませんよ」

「ああ、そうか、そういう世代なのか」

いまはもう時代は変わったのだ。若い世代は事件のことなんか知りはしない。それに、ここは名古屋のZ区じゃない。禍々しい事件の現場近くではないのだ。

「そんなに騒ぎになるくらい、すごい事件だったんですか？」

「女子中学生が殺されたんだ。死体はバラバラにされて、その子が通う中学校の校庭でみつかった。犯人はひと月後に捕まったんだけど、同じ学校に通う男子生徒だったんで、大騒ぎになった」

「それって、恋愛感情のもつれ？　それともいじめとか？」

学校での事件といえば、いじめと結びつく。それが近頃の常識ってことかもしれない、と正和は思う。

「いじめじゃない。それに、当人同士はろくに面識もなかったらしい」

「じゃあ、なんで？　暴行目的とか？」

「そういうわけでもなかった。女の子は頭を鈍器で殴られ、ほぼ即死だったらしい。その後、遺体はバラバラに切り刻まれてたけど、レイプされてはいなかったんだよ」


いけにえは処女でなければならぬ。

穢(けが)れを知らぬうつくしいむすめ。

それだけが、神に近づける唯一の存在。

ユニコーンに護られる価値のある存在。


忘れていたフレーズを正和は思い出した。死我羅鬼潔と名乗った犯人が書いたメモに残されていた文章だ。特徴のある文字まではっきりと目に浮かぶ。

頭のどこかに封じ込めていた事件の記憶がいきなり溢(あふ)れ出してきて、血の滲みが布に広がるように、ゆっくりと頭の中いっぱいに甦ってくる。

「この本、どこに置きましょうか？　そんなに有名な事件なら、きっと評判になりますね。話題書のコーナーに置きますか？」

「そんなの、売り場に置かなくていい。すぐに返品だ」

「でも……」

「やつはこれが注目されるのが嬉しいんだろ。そうはさせるか」

吐き出すように正和が言うと、本橋が不思議そうに聞く。

「やつって、誰ですか？」

その問いに答えるより先に、再び吐き気が喉元に込み上げてきた。このままこらえることはできそうにない、と正和は思う。

「ごめん、俺、ちょっとトイレ行って来る」

「トイレ？」

「すぐ戻る」

口元を右手で押さえた。そうしないと、この場で吐いてしまいそうだった。

「どうしたんですか？　顔色悪いですよ」

本橋の問いに答えるゆとりもなく、正和はトイレに向かって歩き出した。

「大丈夫ですかぁ」

本橋ののんびりした声が、背中を追い掛けてきた。

アパートの部屋に正和が帰り着いたのは、暗くなった頃だった。体調が悪いと言って職場を抜け出し、そのまま冬の街をさまよった。飲まず食わずでほっつき歩き、気づいたら、いつも通勤で使う電車の駅にいた。無意識のうちに電車に乗り、そこに戻って来たらしい。

改札を出ると、駅前の細い道にぽつぽつ商店が並んでいる。いつもと変わらない人通りだ。駅から少し離れた弁当屋で、正和は売れ残りの海苔弁とお茶を買った。チェーン店ではない、老人夫婦が細々と営(いとな)む弁当屋だ。売っているのは日替わり弁当と海苔弁、おにぎりセットの三種類だけ。だけど、ここがチェーン店より安くて味もいいことを、地元の人間ならみんな知っている。駅から家までは、徒歩で二十分ほどの距離だった。

ドアを開けると、正和の住処(すみか)はひと目で奥まで見渡せる。入ってすぐの右手に狭いキッチン、その向かいにバスとトイレの兼用スペースがあり、その先に六畳ほどの洋間がある。よくあるワンルームの狭い部屋だ。それでも、天井が高く、ロフトがあるのが気に入って、ここにもう七年も住んでいた。

きっと次の契約も更新するだろう。引っ越しには金が掛かるし、馴染んだこの街からわざわざ引っ越す理由もない。

テレビの前のローテーブルに弁当を置いた。手を洗い、テーブルの前に座って、暖房のスイッチを入れる。食欲はほとんどなかったが、食べなければ体調を崩す。最初の一口を食べる。醤油にまみれた鰹節と海苔とご飯の混ざった味が、味蕾ににじんわり広がっていく。それで急に空腹を感じ、あとはかき込むようにして弁当を食べた。

食べ終わって一息吐くと、スマートフォンを取り出してチェックした。着信履歴には、店長から五件ほど。そして、実家からも一件。正和は実家の電話を呼び出した。数回コールした後、母が出た。

「もしもし」

『ああ、まあくん?』

なつかしい母の声だ。まあくん、と呼び掛けるのは、いまはもう母だけになってしまった。

『あの、今日テレビで観たんだけど、……あの、事件の本のこと……』

あれほど世の中を騒がせた事件だ。犯人の著書が出たことは、ワイドショーでも大騒ぎになっているのだろう。

「知ってる。そっちはなんか連絡あった?」

『いまのところは大丈夫。もう十七年も前のことだし、うちまではさすがに何も言ってこんよ』

「そう。ならいいけど」

『それにしても、いまになってなんでこんなことするんかな。せっかくみんな忘れとったのに』

その不安そうな声に、正和のこころが疼いた。実家の父が今年の春に亡くなり、家には母と弟しかいない。もしマスコミが押し寄せたりした時、母を守ってくれる人はいない。

ふとまたあの感触に襲われる。自分の意識が飛んで、映画を観るように外側から現実を見ているような錯覚。

門の前の狭い道いっぱいに溢れたマスコミの人間たち。夜になっても、帰る気配はなかった。それどころか、閉め切ったカーテンの隙間から、まぶしいライトが見える。きっとこの場所がテレビに映されているのだろう。

しつこく鳴らされるチャイム。

電気を消し、息をひそめるようにリビングのソファに座っている家族四人。

突然、弟の秀和がしくしくと声を立てて泣き始めた。気の小さい秀和は、この緊張に耐えられなくなったのだ。

「大丈夫、大丈夫だから」

まるで赤ん坊をあやすように、母は中学一年の秀和を抱きしめ、背中をゆっくりと撫でた。暗がりに、秀和のしゃくり上げる声だけが響いている。

「もういやだ。いつまであの人たち、いるの？」

幼い子どものようにぐずる秀和。

「大丈夫、そのうち帰るから。もう、帰るから」

母の言葉を裏切るように、またけたたましくチャイムが鳴った。

たまりかねたように父が立ち上がった。

「どうするの？」

俺は思わず聞いた。どうしようもないことがわかっていたのだ。父はそれまで見たことないような厳しい表情をしていた。

「行って来る」

「本気？　あなたが出て行ったら、ますます騒ぎは大きくなるんじゃない？」

母はそう言って止めようとした。

「どっちにしても、誰かが出て行かないとあの連中は帰らない」

「それはそうかもしれないけど……」

「このままじっとしていても仕方ない。言うだけは言ってくる」

それ以上は母も止めなかった。

「気をつけて」

母の言葉に、父は無言でうなずいた。そして、ドアを開け、ひとり門のところに出て行った。「出て来たぞ」「マイクを寄越せ」ざわめくマスコミ。フラッシュが焚かれ、強いライトが父に当てられる。

「感想を一言」

「犯人を聞いて、どう思われましたか？」

「お子さんの話を聞かせてください」

「いま、どういったご心境でしょう？」

てんでに質問を繰り出すマスコミの連中を、父はきっ、と見据えた。

「帰ってください。うちがお話しすることは何もない。いくらここで粘っても、うちの家族は何も言いません」

その時の父の様子を、妙にはっきり覚えている。百六十センチを少し超えたくらいの、痩せた貧相な体格だったが、ライトを当てられても顔を背けなかった。一歩も引かない、というように肩をいからせていた。精一杯虚勢を張っているのだ、と中学生だった自分でもわかった。窓越しに見える父の握り拳は、内心の動揺を押し殺すように、微(かす)かに震えていたのだ……。

『あんたの方には、誰か来た？』

母の声で正和は我に返った。息をひとつ吐く。

「いや。マスコミも、俺の住所まではさすがに知らないよ」

大学入学と同時に、正和は逃げるように東京に出た。名古屋の友だちには、誰にも東京の住所を教えていない。住所を知らなくても、ＬＩＮＥで繫がっていれば不自由はない。

『ほんとにねえ、いまになってまたこんなことするとは思わんかったわ。わざわざ寝た子を起こすようなことしてねえ、何がいいんだろう』

母がつぶやくように言う。

「あいつはまともじゃないよ。じゃなきゃ、あんなことしでかさない」

母はそれに応えず、深い溜め息を吐いた。

『ところで、あんた、正月には帰るんだろうね？　あんたがおらんと、お父さんも寂しがるで』

母はそう言うが、父は既に亡くなっている。正月くらい戻って来て、仏壇に手を合わせろ、と言いたいのだ。あと二週間もすれば正月だ。

「秀はどうしてる？」

『相変わらずだわ。昼夜逆転しとるで、最近は顔も見とらん。夜中にコンビニには行っとるみたいだけど、それ以外は部屋にこもっとる』

「正月休みには帰る。店長にも、それは言ってあるから」

『よかった。……じゃあ待っとるで』

そうして電話を切った。正和は溜め息を吐く。ほんとは、自分が名古屋に帰って、一緒に住んだ方がいいのかもしれない。父が亡くなり、母と弟の二人暮らしではこころもとない。自分がいっしょにいた方が、何かと母も心強いだろう。だけど、無理だ。あの場所には帰れない。あそこには、思い出が多すぎる。

その時、スマホが鳴った。電話は店長からだった。

「今日はどうしたの？　途中で帰ったんだって？」

いつもの、テンションの高い店長の声が響く。

「すみません。急に気持ち悪くなって、吐いてしまって」

「風邪？　インフルエンザじゃないよね？」

「いいえ、それは大丈夫です」

「医者には行った？」

「はい。疲れが溜まって、胃腸が弱っているんだろう、と言われました。明日はもともと休みなんで、一日寝ています」

「そう。まあ、無理しないで。明後日は女性誌の発売日だから、ちゃんと体調戻して出て来てよ」

軽い調子で言って、店長は電話を切った。結局、俺の身体より、欠員が出ないかの方が気になっているんだろう、と正和は思う。無理するなと言いつつ、明後日は休むな、とプレッシャーを掛けている。

だけど、そっちの方が好ましい。妙にいたわられたり、あれこれ詮索される方がうっとうしいのだ。

正和はスマホの電源を切った。今日はもう誰ともしゃべりたくない、と思いながら。

2

二日後、遅番で出社すると、事務所には店長の柴田孝介（しばたこうすけ）がひとりいた。店長は四十代半ば。口髭（くちひげ）と丸い眼鏡が特徴的だ。この口髭を整えるために、毎日シェーバーを持ち歩いている。眼鏡はジョン・レノンが使っていたのと同じものだそうだ。仕事にはあまり主張がないのに、そういうところのこだわりは強い。

「一昨日はすみませんでした」

「いいよ、そんなこと。それより、昨日はゆっくり休めた?」

「はい、おかげさまで」

「くれぐれも無理しないで。椎野くんが倒れると、この店まわらなくなるから」

「ありがとうございます」

　こんな風に、店長はすらっとお世辞が言える。お世辞とわかっていても、悪い気はしない。

「それでさ、悪いんだけど、あの本、売り場に出しといたよ。本橋は『椎野さんに出すなと言われた』って言ってたけどさ」

　タイトルを言わなくてもわかる。例の事件の本だ。

「うちは売るんですね。慶徳堂書店は、チェーン全体で出さないと決めたそうですけど」

　正和は昨日一日部屋でネットサーフィンをして過ごした。事件が有名だったので、反響も大きかった。ネットのニュースでも扱いは大きい。

　なぜこんな本が出るのか。出版社にモラルはないのか。

　ヒステリックに版元を責めたてる声が目につく。被害者の遺族には無許可だったことが明らかになり、版元は儲けさえ出ればいいのか、と叩いている。被害者である田上紗耶香(たがみさやか)の両親も『娘の魂は再び傷つけられた』とコメントしていた。

　書店員が集まるSNSもチェックした。やはりこの本の扱いをどうするかが、話題になっていた。すぐに返品したという個人経営の店もあったし、ごく稀(まれ)にチェーン全体で置かない判断をしたところもある。

「慶徳堂？　そりゃ、オーナーの見識が高いんだね。うちのチェーンはダメだよ。ベストセラー確実だから、きっと本部から追加でたくさん送りつけてくるよ」

　店長は仕方ない、というように首を竦(すく)める。

　ベストセラー。おそらくそうなるだろう。話題性十分。テレビやネットでの騒ぎが大きくなればなるほど、この本は売れる。昨日のワイドショーでも、この本のことが大きく扱われていた。評論家や芸人が、世間の良識を代表するような顔をしてこの本を叩いている。政治や外交などの複雑な問題と違って、これを叩くことについては、どこからもクレームが来ない。ワイドショーとしては、叩き甲斐(がい)のあるネタなのだ。

「貧すれば鈍すだよ。うちだって、かつてはこの手の下種(げす)な本は仕入れない、と強気になれた時代もあったんだけどなあ。これだけ本が売れなくなると、殺人犯の書いた本であろうとヘイト野郎の書いた本であろうと、ベストセラーになる本はありがたい。それを売り逃すわけにはいかない、ってなるんだからね」

やれやれ、というように店長は左右に首を振ってみせた。由々しき事態だ、と言わんばかりだが、おそらく本人はそれほど気にしてはいないだろう。長いものには巻かれろ、というのが店長のポリシーなのである。

「ところでさ、なんでそんなにこの本のこと気にするの？　いつもクールな椎野くんらしくないじゃない」

　そう切り返されて、正和は返す言葉を失う。ふだんの正和なら、ぶつぶつ言いながらも、この本を話題書のいちばん目立つところに置くだろう。正和がほかのスタッフや版元の人間から信頼されるのは、売れる本をきっちり売る努力をするからだった。それがたとえどんなに下種な本であろうとも。

「椎野くん、名古屋出身だったよね。年齢的にも、少年Aと同世代だっけ。まさか、この事件の関係者じゃないよね？」

　正和は強い視線で店長の顔を見た。丸眼鏡のおかげで、店長の表情は柔らかく見える。一瞬ごまかそうと思ったが、すぐに考えを変えた。店長は飄々としているように見えて、意外と勘が鋭い。関係ないと言えば、かえって疑われるだろう。

「関係者とまでは言えないんですが……僕はあの事件のあった中学校の出身なんです」

「って言うと、あの犯人の少年も知ってるってこと？」

「いえ、犯人とは別のクラスだったから、顔くらいしか知りません。だけど、殺された女の子の方は、クラスメートだったんです」

それを聞いた店長の表情が変わった。笑顔が消え、痛ましいというような、哀れなものを見るような、なんとも言えない表情を浮かべている。そういう顔をされるのが嫌だったのだ。

「特に親しかったわけじゃないけど、あの子があんな殺され方をする理由はない。つい昨日までいっしょに授業を受けていた子があんな目に遭うなんて……。俺ら、すごいショックだった。だけど、そんな俺たちの気持ちには関係なくマスコミは追い掛けて来るし、ほかの連中も好奇の目で俺たちを見る。……犯人が同じ学校の生徒だとわかってからは、なおのこと」

突然、過去の記憶がフラッシュバックする。

校門のところにたむろするマスコミの群れ。

「三年B組の人はいない？」

「犯人のことを知っているんでしょ？」

そんなことを言いながら、生徒たちにマイクを突きつける連中。

「やめてください。生徒には関わらないでください」

叫ぶ教師の声。そして「みつけた、あの子だ！」と叫ぶ声……。

「そうだったんだね。……それは大変だったたね」

遠のきかけた正和の意識を、店長の声が現実へと引き戻す。その声には店長らしからぬ真摯な響きがある。

「事件が発覚したのは、受験を控えた冬休み初日のことでした。……それでもう、受験どころじゃなくなった。先生たちも事後処理で手一杯。三学期が始まっても、到底落ち着いて勉強する気持ちにはなれなかった。学校に来れば、なおのこと事件を思い出してしまうから」

窓際の前から三番目。被害者の彼女が座っていた場所。

事件の後、そこには一輪挿しが置かれた。冬だというのに、彼女が好きだったという白い薔薇が、卒業までの間絶えずそこに飾られていた。

あれは誰が飾っていたのだろうか。

俺たちはみんな自分を支えるのに精一杯で、ほかのことに気がまわらなかった。先生たちも、保護者やマスコミやおそろしい数の野次馬たちの非難や好奇の目から、学校を守ることに汲々としていた。花を飾って故人を悼もうなんて、誰が考えたのだろう。

「椎野くんの気持ちはわかった。……だけど、本部の指示だから撤去することはできないし、なるべく目立たないところに置くよ。それから、当分の間、品出しを誰かに代わってもらおうか？」

「いえ、大丈夫です。こんなことで仕事に支障をきたしたくはありませんから。お気遣いありがとうございます。ところで、あの」

さらりと言おうとしたが、うまく言葉が出てこない。唾を呑み込んでから言葉を続ける。

「店長は……あの本、読まれたんですか？」

「えっ、ああ」

店長の目が少し泳いだ。野次馬根性に駆られて、すぐに手を出したに違いない。あまり読書を好まない店長だが、こういう話題になりそうな本だけは、誰より先に目を通す。

「それで……どうでした？　昔のこと、まわりの人間のこととか、詳しく書いてあったんでしょうか？」

なるべく感情を抑えたつもりだったが、うまくいっただろうか、と思う。本を見た瞬間からそれがどんな風に書かれているか、確かめたくてたまらなかった。でも、自分で読む勇気はなかったのだ。

「いや、そうでもない。事件が事件だけに、版元もプライバシーを考慮したんじゃないかね。学校時代の先生とか友だち関係については、まったく出てこない。もちろん名前もね」

正和の知りたいことを察したのか、店長は先回りして答える。

「ともかく文学青年じみた、妙に抽象的な表現が多くてね。具体的な話は少ない。期待外れってみんな思うんじゃないかな」

正和の肩から力が抜けた。版元の配慮か何かはわからないが、よけいなことが書かれてないのはありがたい。

「気にすることはない。どうせこの本だって、騒がれるのはいまだけさ。人殺しの本なんて、いつまでも見ていたくはないからな」

そうだといいんだけど、と思いながら正和は事務所を出て、売り場の方に向かった。コミック売り場の前を通る。そして、ふと思い出す。

そういえば、あの事件のことを猟奇マンガ殺人事件と呼んだマスコミもいたっけ。

猟奇マンガ殺人事件。

この事件にその呼び名は奇妙に似合っている。ひとりの若い女性が命を奪われたことの残酷さよりも、犯人が中学生だったこと、そしてどこか現実離れした猟奇性が、人々の脳裏に強く印象付けられたからだろう。

あの日は冬休み初日だった。遺体を発見したのは早朝に出勤した学校主事。恐怖のあまり一一〇番が思い出せず、一一九番に連絡してしまった、という。子どもが嫌いなのか、生徒とはろくに話をしたがらなかった学校主事。誰かが「用務員さん」と呼び掛けると、目を剝いて怒っていたあの強面の男が、歯の根も合わないほど震えていた、とみんなが噂していた。

肝心なことは思い出せないのに、こんなことは覚えているんだ、と正和は自嘲的に思う。

正直に言えば、あの当時の記憶は曖昧だ。事件の後、自分が何をしていたのか。どう日々をやり過ごしていたのかがどうしても思い出せない。忘れたい記憶なのだ。なのに、断片的に思い出す映像もある。真ん中に頭部。そして、左右の太腿と二の腕で十字を作り、その先に左右の脛と肘から下の腕が、九十度の角度をつけて置かれている。卍の形に見立てて、手足が並べられているのだ。頭と手足を切り取られた胴体は、その前に置かれ、腹部にもやはり卍が描かれている。

だが、思い浮かぶ映像はリアルな肉体ではない。黒いインクで粗く印刷されたコミックの一シーンだ。漫画は読んでいないが、事件の後、雑誌やテレビでさんざん映されたので、正和の脳裏にも焼き付いている。

実際の死体の状況は、当初の警察発表では伏せられていた。遺体はバラバラに切り刻まれて校庭に放置、とだけ発表された。それだけでも十分猟奇的だし、被害者が口にメモを咥(くわ)えさせられていたこともセンセーショナルだった。


いけにえは処女でなければならぬ。

穢れを知らぬうつくしいむすめ。

それだけが、神に近づける唯一の存在。

ユニコーンに護られる価値のある存在。


謎めいた詩の最後に、死我羅鬼潔という署名があった。このメモの内容が発表されたことで、この事件はあるコミックの一シーンを再現したものではないか、とネット上で話題になり、たちまち広がっていった。

それは天神我門(あまがみがもん)というまだ駆け出しの漫画家が、マイナーな青年漫画誌に連載していた『魔女の墓標』という作品だった。その中に、女性の死体をバラバラに切断し、雪の中に卍の形に並べて置く、というシーンが出てくる。女性は詩の書かれたメモを口に咥えさせられていた。その詩が、警察から発表されたものと一致したのである。

粘着質ともいえる精密なタッチで残酷なシーンを描き出す天神の作品は、決して万人受けするものではなかった。その陰湿で残酷な描写は、メジャーな少年誌には嫌われた。数年の下積みの後、天神はマニアを対象とした青年コミック誌に活路を見出す。『魔女の墓標』は、この作家の初めての連載作品だった。

ネットでの騒ぎを知った週刊誌の記者が取材を進め、その憶測が事実だと公表するのに時間は掛からなかった。コミックに描かれていた通りに遺体は切り刻まれ、卍の形に並べられていたのだ。テレビや新聞、ほかの雑誌でも後追いでこれを取り上げ、騒ぎはますます大きくなった。その猟奇性が人々の好奇心をさらに焚きつけたのである。

その結果、天神我門やコミックの版元は激しいバッシングに晒(さら)された。出版社には抗議の電話やメールが殺到し、誹謗中傷(ひぼうちゅうしょう)がネットだけでなくテレビや雑誌でも渦巻いた。版元は強く否定したが、天神犯人説あるいは殺人教唆(きょうさ)説がネットを賑わせた。さらに、犯人が逮捕され、中学生であることがわかると、騒ぎはますますエスカレートした。青少年に悪影響を与える有害図書として、天神のコミックを糾弾する声が上がる。逆に表現の自由の立場からそれに反発する意見も出てきて、喧々囂々の論議が巻き起こる。テレビでも連日それが報道された。この騒動に耐えかねたのか、版元は『作品の社会的影響を考慮し「魔女の墓標」は当面連載を休止する』と発表、騒動の収束を図った。その後も擁護派の抗議は続いたが、連載が再開されることはなく、単行本もいつのまにか絶版。天神我門の名前も漫画界から消えた。

『魔女の墓標』を連載していた雑誌はまだ健在だし、そこから何冊もコミック単行本が生まれている。しかし、『魔女の墓標』はない。天神我門名義の単行本は、その後どこの出版社からも出ていない。

考えたらこの漫画家も犠牲者だ、と正和は思う。ただ漫画を描いただけなのに、それを読んだ少年が作品を模倣した事件を起こしたというだけで、漫画家生命を断たれてしまったのだから。

世の中、ひどい作品はいくらでもある。自分は中学生だったので、青年誌に連載された天神我門のコミックは読んでいなかった。でも、『魔女の墓標』はマイナーとはいえ商業誌に連載されていたのだから、ほんとうにグロい描写ではなかったはずだ。同人誌やネットよりも、商業誌はモラルのチェックが厳しい。

その後この漫画家はどうなったんだろう？　ペンネームを変え、どこかでひっそりと漫画を描き続けているのだろうか？　それとも、漫画を描くことをあきらめ、別の仕事に替わったのだろうか。いずれにしろ、あの事件で人生を狂わされたのは間違いない。

「椎野さん、体調はもう大丈夫なんですか？」

バイトの本橋が、正和をみつけて近寄って来た。

「ああ、この前は早退して悪かった」

「いえ、大丈夫ですよ。ところで」

本橋はすぐ傍まで寄って来て、あたりをはばかるように声を潜めた。

「あの事件、調べたんですよ。かなりエグい事件なんですね。被害者の女の子の身体をバラバラに刻んで、雪の校庭に卍を描いたんでしょう。なんかセイゼツっていうか、オカルトじみているっていうか……。横溝正史（よこみぞせいし）か新本格の小説に出てきそうな事件ですね」

本橋は新本格ミステリも好きだ。エグいと言いながら、ちょっと嬉しそうである。

「元ネタはちゃんとあるよ」

「ああ、青年漫画の真似をしたんでしたっけ」

「そう、だからこの事件、猟奇マンガ殺人事件と言う人もいる」

「あんまりセンスのいいネーミングじゃありませんね」

「名前はどうあれ、胸糞悪い事件だよ。……それより、例のウォーキング本、追加入った？」

「あ、いえ、まだです」

これ以上、話を続けたくなかった正和は、強引に話題を変えようとした。

「初速勝負だから、早く追加補充しないと。版元に連絡しといて」

「わかりました。……だけど」

遠慮がちに本橋は付け加える。

「なに？」

「あの本、文芸の話題書のとこに並べました。……店長がそこに置けって言うので」

そうだろうな。売れる本を売り逃すわけにはいかない。あの店長ならいちばん目立つ場所に置こうとするだろう。書店員なら当然の判断だ。

「しょうがない。あの時は俺も頭に血がのぼっていたけど、こんなクソみたいな本でも売れるから、店長が置かないはずがないし」

「あの、なるべく目立たないところに置いておきました。僕も、あんまりいい気はしないんで」

「そうか」

本橋のいたわるような視線がめざわりで、正和はそっけなく返事をした。これで話は終わりとばかりにレジの方に向かった。しかし、本橋はまだ後ろからついて来る。そして正和にだけ聞こえるように囁(ささや)いた。

「僕、事件のことネットでいろいろ調べて、わかっちゃったんです。椎野さんがあの本のこと、嫌がる理由」

思わず振り返って本橋の顔を見た。本橋の顔に浮かんでいるのは、憐(あわ)れみのような、知ってしまって申し訳ないというような、なんとも言えない表情だった。

「椎野さん、共犯者だと疑われたんですね」

共犯者と聞いて、頭がずきっと痛んだ。霞のようにもやもやした過去の記憶から、はっきり言葉が聞こえてくる。

『あいつも無関係なはずはない。だって、あいつら幼なじみだし、しょっちゅう家を行き来していたらしいぜ』

「まだ……ネットに書き込みが残っていたのか」

息が苦しくなる。冷や汗が出てくる。共犯者、という言葉を聞くと、いつもそうだった。

「はい。椎野さんが犯人の家の隣に住んでいたってことも」

やはりそうか。一度ネットに上がってしまった情報は、完全に消えることはない。ネットの海を漂い、ふとした拍子に浮かび上がってくる。

「あの、もちろん誰にも言いません。店長にも、誰にも」

正和の不快を感じ取ったのか、本橋はあわてて言いつくろう。

「そうしてもらえるとありがたいな。隣に住んでいるというだけで疑われて、ほんとうに嫌な思いをした。思い出したくないことなんだ」

なんで人の過去をほじくり出そうとするんだ、と叫びたくなる衝動を抑え、あえて淡々とした口調で返事をする。

「わかります。……あの、僕、椎野さんの味方ですから。信じてください」

それだけ言うと、本橋は事務所の方へと小走りで去って行った。正和は額(ひたい)の汗をぬぐった。暑いはずがないのに、なぜか汗が出ている。

大丈夫だ、ネットには冤罪(えんざい)だってことも書かれているはずだ。本橋はそれも見ているだろう。

俺には関係ない。

俺には……関わりのないことなんだ。

3

地下鉄の駅から地上へと通じる長い階段を正和は上って行った。正月休みを実家で過ごすため、大晦日の今日、名古屋に帰って来たのだ。地上に出て、真っ先に目に入るのは、まっすぐ延びる用水路とその脇の遊歩道。それを囲むように建ち並ぶ住宅街。街灯に照らし出された景色は、中学の頃からあまり変わっていない。

ごろごろ音を立てながら、用水路に沿ってキャリーバッグを引いて行く。父親の古いバッグをそのまま使っているので、キャスターの部分の弾力性がないためなのか、妙に大きな音が響く。それが恥ずかしくて東京の自宅の周辺ではバッグを抱えていたが、人がほとんど歩いていないこのあたりでは、音を立てても気にならない。それに、空間の広がりが、そんな音も吸収してくれるように思う。大きな音を立てられることが愉快で、ごろごろがつん、というキャスターの響きに合わせて正和はゆっくりと歩く。

駅から実家までは歩いて十五、六分の距離だ。地下鉄の駅周辺といっても、さしたる賑わいはない。葬儀場と銀行が向き合って建っている交差点がこの町の中心だ。ほかにはクリニックが集まっているビルや自動車展示場、大型電器店なども目につくが、そんな場所でさえ建物が密集しているわけではない。隙間を埋めるように作られているのは野立て看板だ。○○クリニックとか××不動産とかの名前を、赤だの黄色だの原色を使ってでかでかと書き並べている。美的センスの欠片もないその立体物が、正和は嫌いだった。

東京ではあまり目にしない光景だ。土地代が高いから、野立て看板を掲げるゆとりもないのだろう。これがなければ、この辺の景色にも少しは愛着が湧くのに。

信号をふたつ越え、だんだん実家が近づいてくると、キャリーバッグを持つ手に力が入ってくる。公園の角を曲がると、テラスハウスが見えてくる。テラスハウス、と言えば聞こえはいいが、鉄筋コンクリートの長細い建物を、羊羹を切るように四世帯に区切った、いわば現代版の長屋だ。かつてこのあたりは一面の田んぼだったが、昭和末期に埋め立てて開発され、数十棟ほどコンクリート造りのテラスハウスが建てられた。正和の実家はそのうちの一軒だった。それぞれの家の前には二台分の駐車場がやっと造れるくらいの狭い庭がある。

建てられてから時間が経過しているから、もともとのテラスハウスの外観をそのまま残しているところは少ない。どこの家でも部屋を建て増ししたり、元の家を壊して新しく家を建て直したりしている。正和の実家も同じだ。四軒長屋の左端に位置するが、前の庭を半分潰して建て増しをした。さらに狭くなった庭には、母が丹精した薔薇の木がアーチを作っている。冬のいまは殺風景だが、春になると大量の花が庭を飾る。

だが、実家の庭が美しければ美しいほど、隣家の異様さは際立（きわだ）った。テラスハウスの左から二番目の場所は、そこだけばっさり切り取られたように家は跡形もない。両隣の建物は、コンクリートの寒々とした壁面を晒している。庭木も刈り取られ、更地（さらち）になったそこには『売地』という看板が建っていたが、それを目印にしたように、さまざまなゴミが投げ入れられていた。

やっぱりあの本のせいか。ここしばらく、この場所の存在も忘れられていて、ゴミを投げ入れる人もいなかったというのに。

家の敷地に入って隣を見る。隣の庭との境は昔と同じ、低い鉄柵で仕切られただけだ。だから、お互いの様子は素通しだった。そこから見る隣の景色が変わっている。ゴミがまた復活しただけでなく、無くなったものがあることに正和は気がついた。

そう、あのみかんの樹だ。

この庭先には、シンボルツリーのようにみかんの樹が一本だけ植えられていて、シーズンになると食べきれないほどたくさんの甘い実をつけた。よく分けてもらったし、子どもたちが好きに採ることも許されていた。家が取り壊された後も、そのみごとなみかんの樹だけは、そのまま残されていた。家主のお気に入りだったので、伐るのがしのびなかったのだろう。

　それがついに無くなって、なにやらほっとした。隣家の思い出に繋がるものが、またひとつ無くなった。それは隣との縁をまたひとつ薄くすることだ。それは正和にとって喜ぶべきことだった。

「ただいま」

　玄関のドアには鍵は掛かっていなかった。自分が帰宅することを知っているので、母が掛けずにおいたらしい。

「お帰り。意外と早かったね」

　キッチンから母が出て来た。微かにトマトソースの匂いがする。帰省する自分のために、好物のロールキャベツを作ってくれているのだろう。

「うん、職場からそのまま出て来たから。新幹線にもすぐに乗れたし」

「それはよかった。手を洗ってきて。すぐに夕食にするわ」

　三十過ぎの大の男に、まるで子どもみたいな言い方をする。母親にとっては、いつまでも自分は子どもなのだ、と正和は思う。ほんとのところ、最近ではロールキャベツを好んでは食べなくなった。こってりしたソースが苦手になり、煮物とか焼き鳥とか和食の方が好きになった。その事実を母には言えずにいる。

自分が母といっしょに暮らしたのは、中学三年まで。高校進学と同時に、逃げるように祖父母の家に移り住んだから、母の中で自分はロールキャベツを好きな中学生で止まっているのかもしれない。だが、そんな思いは顔には出さず、あたりさわりのない会話を試みた。

「隣、ついにみかんの樹を伐ったんだね」

「造園業者の人が根っこから抜いてたよ。ずいぶん深く穴を掘っとったわ」

「へえ、でも今頃、どうして？」

「どうやら土地が売れたらしい。買主の希望で完全な更地にしたみたい。業者の人がそう言っとった」

「それはよかったね。隅の方にあった樹まで撤去するってことは、敷地いっぱい家を建てるのかな」

「なんでもいいわ。いまのまま、何もないよりはずっといいって」

不自然にぶった切った横に一軒だけあるこのうちは、悪目立ちする。早く隣に何かできればいいのに、と母はよく言っていた。その気持ちは正和にも痛いほどわかった。ここに新しい建物が建って、新しい住人が住むようになれば、自分たちもこの場所の因縁から解放される気がするのだ。

「だけど、またゴミが増えていたね」

「そうなんだわ。ここしばらくきれいだったのに。あの本が出て思い出した人もおるんだろうね」

　わざわざ十七年前の事件の犯人の自宅を探し当てようなんて、とことんヒマな連中だ、と正和は思う。空地になっているところにゴミを捨てて、何がいいのだろう。迷惑するのは近所の我々だけだ。ここにいない当事者は痛くもかゆくもないというのに。

「ところで、秀は？」

　さりげない調子を装って、母に尋ねる。母は一瞬顔を強張（こわば）らせたが、すぐにふだんの表情に戻って、

「相変わらずよ。ずっと二階にこもったまま」

　事件の痕跡は、どこよりもこの実家に残っている。弟の秀和は、犯人である藤木（ふじき）創（はじめ）の弟である藤木祐（たすく）と親友だった。それが原因で、犯人逮捕の後ひどいいじめに遭った。事件のショックといじめの苦しみから、秀和は部屋に引きこもってしまった。名前の通り優秀で、実力テストでは学年一位を取ったり、作文や絵画のコンクールで賞を獲ったりしていた。その優秀さに対するやっかみが、いじめをひどくしたのかもしれない。将来を期待されていたのに、秀和の時間は中学一年で止まった

ままだ。

「二階に荷物置いてくるわ」

母にそう言って、正和は階段を上がる。安普請のこの階段は、どんなに音を立てまいとしても、ぎしぎし鳴るのを止められない。階段を上りきると、短い廊下を挟んで左右に部屋がある。右が正和の部屋、左が弟の秀和の部屋だ。正和がドアに耳を近づけると、キーボードを叩く音が聞こえた。微かに話し声もする。どうやら秀和は起きてはいるようだ。ノックして、ドア越しに声を掛ける。

「ただいま。俺、さっき帰った。明後日までこっちにいるから」

返事はない。もともと期待もしていなかった。弟が会話するのは、パソコンの画面の向こうにいる相手だけだ。正和はドアを開けて自分の部屋に入った。部屋にはベッドと本棚がふたつあるだけ。高校入学と同時に祖父母の家に逃げた時、机や大事な本などはすべて持って行った。ベッドを置いていったのは、祖父母の家では和室で寝泊まりしていたからだ。

キャリーバッグを部屋の隅に置くと、ベッドに横になった。天井が見える。天井には、当時好きだったバンドのポスターが貼ってある。右を向くと、壁の本棚が目に入る。ひとつ目の棚は参考書や『ハリー・ポッター』全巻や『世界の中心で、愛をさけぶ』など親が買ってくれた単行本に交じって、おこづかいで買った『スレイヤーズ』や『ブギーポップ』などのライトノベルの文庫シリーズなども置かれている。もうひとつの本棚はほとんどコミックだ。毎号買っていた『少年ジャンプ』が何冊か。ほかに『アイシールド21』や『HUNTER×HUNTER』などコミック単行本もある。

中学生らしいラインナップだ、と正和は思う。当時はこういう本を夢中になって読んだんだっけ。ベッドに横になっていると、あの頃の日常が脳裏に浮かんでくる。自分は机に座っていて、創がベッドにごろ寝して漫画を読み、秀和と創の弟の祐が、ベッドを背もたれにしてゲームボーイで遊んでいる。

小学校の頃は、学校が終わると裏のベランダ越しに互いの家を行き来していた。いちいち玄関まで回るより、そちらの方が近かったからだ。裏のベランダの隣との境は低い仕切りで区切られただけなので、子どもでも簡単に乗り越えることができた。正和の部屋は漫画が多かったから、雨の日や冬の寒い日などは、そこに四人で集まることがよくあった。

だけど、それも正和たちが中学に入るまでだった。中学に入ると、正和は新聞部に入部し、クラブの仲間と行動するようになった。一方、創の方は素行のよくない連中とつきあい始め、まわりから不良とみなされるようになっていった。それで、学校ではお互い相手の存在を無視するようになった。正和は不良とつきあいがあると思われたくなかったし、創の方でも、真面目な正和と友人であることを仲間に知られたくなかったのだろう。示し合わせたわけではないのに、廊下ですれ違ってもお互い目も合わせなかった。帰宅してからは、会えばふつうに会話したが、以前ほど頻繁に行き来することはなくなった。

一方、弟たちは中学に入っても、相変わらず親しくつきあっていた。痩せて小柄な秀和と太っているが背も高い祐と体型は対照的だったが、よほど気が合ったのだろう。学校でもいっしょ、帰宅してもすぐに祐は秀和の部屋に遊びに来た。そして、たいていはそちらでゲームをし、飽きると正和の部屋に来て漫画を読んでいた。

祐が椎野家にばかり来ていたのは、兄の創を恐れていたからでもある。創は弟の祐をいじめて、よく泣かせていた。祐は太っていて運動神経も鈍かった。頭の回転もそれほど速くなかった。だから、いじめたり、からかったりするネタは尽きなかったのだ。隣から「やめてよ、兄ちゃん」と悲鳴のような声が聞こえてくるのは日常茶飯事(さはんじ)だったし、その声に続いておばさんが「やめなさい、弟をいじめるのは」と怒鳴りつける声が響くのも、お決まりのことだった。窓の外から響くその声を聞きながら、同じ二歳違いの兄弟でも違うものだな、と当時の正和はぼんやり思っていた。弟の秀和とは、喧嘩らしい喧嘩をしたことはなかったから。

弟のことを思うたびに、事件の起こしたものの大きさに息苦しくなる。被害者の田上紗耶香の家庭はもっと大きな闇を抱えたのだろうけど、加害者の隣人というだけで我が家にも大きな亀裂を残した。そして、それは決して元に戻ることはない。だから、事件を起こした張本人の創が不幸であってほしい、と願う気持ちを止められない。自分の過去に縛られ、起こした罪の大きさに震えていろ、と思う。そうでなければ、いまでも事件の闇にこころを侵されている人たちに対して不公平ではないか。名前を捨て、履歴を変えて、そのくせ過去を売りにした告白本で何千万もの印税を手にする。それはどう考えてもおかしい。

過去をさらけ出すなら、ちゃんと表に出て来い。そして、世間の悪意を一身に浴びてみろ。生身の自分を晒してみろ。

「まあくん、電話！」

階段の下から母が呼ぶ声で正和は我に返った。

電話って、誰からだろう？　友人知人はみなスマホの方に連絡をしてくる。そもそも、ここの電話番号を俺の連絡先だと認識している人間は何人いるだろう。

正和はベッドから起き上がり、ドアを開けて階段の下をのぞき込んだ。母が階段の下からこちらを見上げている。

「電話って、誰から？」

「加藤さんって方。同窓会の件で連絡だって」

加藤？　同窓会？

いつの同級生だっけ。高校の知り合いに加藤って名前のやつ、いたっけ？

階段を下りて、リビングの隅に置かれている固定電話の受話器を取る。

「はい、椎野です」

「もしもし？」

受話器から流れてきたのは女性の声だった。

「あの、加藤です。加藤つぐみ」

「えっ、あの加藤さん？」

加藤つぐみのことなら覚えている。中学三年の時のクラスメートで、二学期は席が隣だった。確か、女子の学級委員だった。勉強もできたが、そういうそぶりは見せず、いつもおっとりと笑顔を浮かべていた。

「覚えていてくれた？」

受話器の向こうから、ほっとした声が響く。

「もちろん。隣の席だっただろ？　それに加藤さん、学級委員だったし」

「そう、よかった。椎野くん、卒業してから、仲間内の集まりにも全然顔を出さないっていう話だったし。中三のことは覚えていないかと思った」

「そんなことないよ」

社交辞令でそう答えたが、ほんとは思い出したくもない過去なのだ。それは自分だけじゃなく、つぐみにとってもそうだと思うのだが。

「先週電話したら、今日帰って来るってお母さまが教えてくれたの。その時伺ったのだけど、三月にお父さまがお亡くなりになったんですってね。全然知らなかった。ご愁傷さまです。……お葬式、伺えなくてごめんなさい」

「そんなこと気にしなくてもいいよ。俺、同級生には誰も知らせなかったし。気持ちだけで十分だよ。……ところで、突然どうしたの？」

まさか、父のことを知ったから電話を寄越したわけではないだろう。何を言い出すのだろう、と受話器を持つ手が強張っている。

「実はね、正月明けに久々にクラス会をやろうとしてたんだけど、知ってる？」

「いや、俺、ずっと東京にいたから」

そんな通知が実家に来ていたのかもしれない。母が時々正和宛ての郵便物を転送してくれていたが、中学関係の書類は目を通さずに捨てていた。

「三Bのクラス会って一度もやってないじゃない？　あの事件があったから、なんとなく集まりにくくなってしまったんだけど」

それはそうだろう、と正和は思う。自分だけじゃない、三B……T中学三年B組のあの当時を思い出したくないと思うのは、みんな同じはずだ。

「実は、去年の秋に、元三Bの女子四人で集まったの。彼女たちとはつきあいはずっと続けていたから。その時、十七年も経ったからもういいんじゃないかって話が出て、それで。……だって、私たちの中学時代って、あの事件だけじゃなかったもの。ほかにもいろんなことがあったし、それをあの事件ひとつで、なかったことのようにはしたくはない。そんな風にみんなの意見が一致して、それに賛同してくれる人たちで集まろう、ってことになったんだ」

つぐみは真面目だ。たぶん、そのまわりの女の子たちも。「事件ひとつで、中学時代の思い出をなかったことにしたくない」なんて、前向きな中学生みたいな発言だ。そう思えるのは、事件との関係が希薄(きはく)だからだ。被害者も加害者も、結局過去の人間として記憶の底に葬(ほうむ)れるからだ。

俺はそうではない。この場所に実家がある限りは、事件との関係は完全には断ち切れない。それに、自分は遠くに住んで事件を忘れたつもりになっても、弟の苦しみはまだ続いている。俺たち家族にとっては、まだ事件は終わっていない。

「俺はたぶん出られないと思うよ。仕事もあるし」

「いえ、結局クラス会はやらないことになったの。……ほら、あの、本が出たでしょ？　あれでまた事件のことがいろいろ蒸し返されてるし、やっぱりやらない方がいいんじゃないかって、みんなが言い出して」

「そう」

そっけなく言ったが、心の中では安堵を覚えていた。このタイミングでやるべきことじゃない。下手にマスコミの耳にでも入ったら、取材したいと押し掛けてくるだろう。

「それで、幹事で手分けして、出席の返事をくれた人に連絡をしているところ。椎野くんからは返事が来てなかったけど、一応連絡しておこうと思って」

そういうことか、と納得した。つぐみは幹事を買って出たのだろう。つぐみは昔から面倒見がよかった。学級委員に推されたのも、そういう性格をみんなが知っていたからだ。

「わざわざありがとう」

「だけど……せっかくだから、椎野くんに会いたいな。ずっと会ってないし、どうしているか、誰に聞いてもわからないって言うし。あの、明日でも明後日でも、もし時間があったらお茶でもしない？」

「加藤さんと俺だけ？　ほかに誰か呼ぶの？」

思わず疑問が口をついて出た。

「ほかの人を呼んでもいいけど、できればふたりで会えれば、と思う」

4

俺に会いたい、というのはなぜだろう? 何か俺に話したいことでもあるのだろうか? それとも、聞きたいことでも? あの当時、いろんなやつから創のことを聞かれた。そして、創の友人だったということで責められ、いじめられた。その当時のことを思い出そうとすると、息が苦しくなる。思い出すことを、身体が拒否しているのだ。

だが、ふとした瞬間に、断片的に思い出すこともある。

泥だらけで校庭の隅に転がっている俺の顔を、「大丈夫?」と言って、のぞき込むつぐみの心配そうな顔。

「血が出ている。保健室に行かなきゃ」

それを聞いて、安堵している自分……。

だから、つぐみは俺の敵ではなかったのだと思う。真面目で、卑怯なことをする子ではなかった。ほとんどのクラスメートが俺を疑いの目で見ていた頃でも、俺を責めたりしなかったはずだ。でも、だからといって、どうしていまさら俺に会いたいのだろう。ふたりだけで会って、何を話したいのだろう。

　迷ってはいたが、結局行くことにしたのは、加藤つぐみがどんな風に成長したか、興味があったからだった。事件が起こる前、つぐみとは仲が良かった。「ふたりはできている」と噂されたこともある。それはただのやっかみだったが、つぐみに好意を持っていたのは事実だった。

　あんな事件がなければ、ほんとうにつきあっていたかもしれない、と正和は思う。ふたりの志望校は同じだった。市内の公立高校でも上位の偏差値の学校で、クラスでそこを志望しているのは自分たちだけだった。受験勉強に疲れた時など、もしふたりとも合格したら告白してみよう、などと夢想していたものだ。

　つぐみは正和のその後を知らないと言ったが、それは正和も同じだった。つぐみが第一志望の高校に合格したことまでは知っていた。その後どこの大学に進学したのか、いまは何をやっているのか、結婚しているのかまだなのか、同級生との繋がりのない正和には知りようもなかった。だが、それでも彼女が会いたいというのは、ロマンチックな理由からではない、ということは察しがついた。

　あの事件を過去の共通体験として持つ自分たちに、いまさらそんな感情が起こるとは思えなかった。圧倒的な恐怖、それまでフィクションでしか起こらないと思っっていた残虐なことが、ごく身近で起きたことの戦慄、その犠牲者がクラスメートだったことの悲しみと怒り、何より犯人を知った時の衝撃、それまであたりまえと思っていたいろんなものが壊れてしまった虚無感……。

自分だけではない、あの時のクラスメートたちはみなそうした感情に苛まれていたはずだ。それまで抱いていたほのかな恋心など、吹き飛ばされてしまうほどに。

いまさら会ったところで、どうなるものでもない。それでも会ってみたいと思う自分の甘さに、正和はいささか面はゆい気持ちになった。

つぐみが会おうと指定してきた場所は、かつて通った中学校の近くにある珈琲チェーン店だった。珈琲が特別美味しいわけではないが、食べ物の量が多いことと、座席がゆったりして長居できることで、地元では人気がある。正月休みなので開いている店が少ないこともあり、店内は混んでいた。時間ぴったりに着いて店内を見回すと、いちばん奥の席に座っている長い髪の女性と目が合った。相手は視線を合わせたまま、探るような表情で軽く頭を下げる。

加藤つぐみだ、とすぐにわかった。記憶の中にある姿よりも、痩せて背が伸びている。髪型も昔は飾り気のないショートだったが、いまは肩まで伸びた髪にゆるくパーマをかけ、背中に波打たせている。ベージュの目立たない口紅をつけ、紺のワンピースをまとった姿は、記憶よりも数段女性らしい。だが、そのまなざしはまっすぐで、迷いなくこちらの姿をとらえている。かつての学級委員の生真面目(きまじめ)さそのままに。

「加藤さんだよね」

テーブルまで歩いて行って、正和から声を掛けた。

「おひさしぶり。椎野くんは喪中だから、新年の挨拶は遠慮しとくね」

つぐみは屈託(くったく)のない笑顔を浮かべている。中学時代と変わらないその明るさがまぶしくて、正和はなんとなく目を伏せた。

「椎野くん、変わらないね。何年ぶりだっけ？　卒業以来だから、十七年ぶり？」

「そうなるかな」

つぐみの正面に座る。テーブルは広く、四人でもゆったり座れる広さがある。席に着くと、ウエイトレスが注文を取りに来る。メニューも開かず正和は「ブレンド」と告げる。つぐみの前にはカフェオレの器と豆菓子の小皿が置かれていた。

「いまは東京？」

「うん。大学があっちだったから、そのまま」

「私はずっと地元暮らし。結婚の予定もないから、当分ここを動かないと思う。まあ、だから、今回も幹事をやることになっとったんだけど」

つぐみが独身と知って正和はどぎまぎしたが、それを顔に出さないようにして話を続ける。

「地元に残った人は少ないの？」

「うん、みんな進学や就職を機に散って行った。ほかの学年の子は地元にいる方が多いけど、うちらの学年は残っとる方が少ないよ。二割とかそれくらいじゃないかな」

ほかの地方都市に比べて、名古屋の人間は就職しても地元にとどまる率が高い。県内に大きな企業があって就職口に恵まれていることと、大都市圏にもかかわらずゆったりして住み心地がいいからだ、と言われている。それなのに、学年の二割しか地元に残らないというのは、珍しいケースと言えるだろう。

「でも、高校で出たのは、椎野くんひとりだったけど」

それは、と言い掛けた正和に、つぐみはあわてて付け加えた。

「別に出るのが悪いっていうんじゃないよ。ほんとは私だって出たかった。父が病気で倒れなければ、私も京都の大学に行っていたと思うし」

そこに珈琲が運ばれてきた。ちょっと気まずくなった空気を立て直すように、ふたりは同時に自分の前のドリンクに手をつけた。

「いまは何をしているの？」

一息吐くと、気を取り直して正和の方から尋ねた。

「図書館で司書をしている。瑞穂区の図書館で働いている。椎野くんは？」

「俺は書店員をしている」

「じゃあ私たちふたりとも本の仕事をしとるんだ」

つぐみの声のトーンが少し高くなった。その縁を喜んでいるようだ。抑えようと思うが、正和の顔も緩んでくる。

「でもぴったりだね。椎野くん、よく本読んでたし」

「加藤さんだってそうだろ？」

つぐみに正和が好意を持ったのは、それが理由でもあった。本好きの人間はクラスで数えるほどだったから、それだけで同志のような気持ちを抱いたのである。

「そうね。だけど、ＳＦとかは全然知らなくて、椎野くんにいろいろ教えてもらったよね」

「そんなこと、あったっけ？」

つぐみが読書家であることは思い出せたが、何を話していたかまでは記憶にない。

「そう、これ」

つぐみが持っていたバッグの中を探って、一冊の文庫本を取り出した。秋山瑞人の『猫の地球儀』だ。

「へー、なつかしいな、これ」

手に取って、しげしげと眺める。丁寧に扱ってきたのだろう。折り目もなく状態はいいが、経年変化で背表紙が薄く日に焼けている。

「覚えてないかな。これ、椎野くんに借りたんだよ」

「そうだっけ？」

この本を誰かに貸したことなど、正和はすっかり忘れていた。実家の本棚にあると思っていたから、探すこともしなかった。

「そうだよ。長い間、ありがとう。いつか返そうとずっと思ってたんだけど、椎野くん、地元離れちゃったからその機会がなくて。遅くなってごめんね」

「じゃあ、もしかして俺に会いたいと言ったのは、これを返したかったから？」

「そう。ずっと借りっぱなしだったから、ちゃんと手渡ししたかったんだ」

「なんだ、そうだったんだ」

緊張が解けて、椅子の背に背中をつけた。あまりにささやかな用件だったので、気が抜けたのだ。

「えっ、何かもっと深刻な話を切り出されると思った？」

「いや、そういうわけじゃないけど」

そんなことをずっと覚えていてくれたつぐみの気持ちが、嬉しくもあった。

「覚えていてくれて、ありがとう」

「ほんとはね、あの頃返そうと思って鞄に入れとったんだよ。だけど、そんな時にあの事件があったんで、本のこと、すっかり頭から飛んじゃった」

「しょうがないよ。加藤さんは……田上さんの親友だったんだもんな」

つぐみが唇をぎゅっと噛んだ。それを見て、ふと中三のつぐみの姿が頭の中に浮かんだ。


真っ白な顔で唇を震わせていたつぐみ。

学校で教師から事件のことを聞かされた時のことだ。ほかの女の子たちはみな声をあげて泣いたけど、つぐみは泣かなかった。安易に泣いて、心の中の苦しみをあっさり手放したくない、とでもいうような、意固地さにも似た表情を浮かべていた。

「ねえ、椎野くんはあの本、読んだ？」

あの本が何なのか、聞き返さなくてもすぐにわかった。創の告白本だ。

「いや、読んでない。読みたくない」

「クラスのみんなもそう言っとった。見るのも嫌だって」

「わかる。だけど、俺は仕事の関係上、どうしても目に入るんだ。それが嫌でたまらない」

本は売れていた。正和の想いとは関係なく、平台の隅に置かれたその本は異様な存在感を放ち、通路を通る人々を引き付けた。そのままレジへと持って来る人も少なくなかった。それをPOSレジの端末で読み込み、お金を受け取るたびに、正和のこころがぎしっときしんだ。

『どんなクソ本でも、売れれば店の利益になる。この出版不況の折、売れる本はなんだってありがたい。俺らの給料の何パーセントかは、クソ本の売り上げで賄われているんだ』

書店員の飲み会で、酔っ払って正和が放った言葉だ。

『本を選ぶのは本屋じゃない。結局のところ、お客なんだ』

その言葉が自らに跳ね返ってきて、棘のようにこころを刺す。

だとすると、俺らはなんなのか。俺らの意志や感情は、売る行為と何も関係ないというのか。

「東京の書店じゃ、きっとたくさん売ってるんでしょうね。栄の方はともかく、この辺の書店じゃ、ほとんど見掛けないけど。……まさに名古屋東部ってわけだし」

名古屋東部女子中学生殺人事件。その長い名前が事件の公式な呼び名になっている。

「ああ、県知事から書店に置かないように要請があった、ってニュースで見た。自主的に売り場から排除した店も多いって聞くし。……図書館ではどうなってるの？」

「さすがに置かないわけにはいかないけど、一般の人が触れられる開架には置いてない。貸出もできないようになっている。資料として、館内で読むことができるだけ」

「なるほどね」

図書館は書店以上に本の扱いに慎重だ。過去にも、差別表現などには厳しい規制をして、社会問題になったこともある。売りたくない本でも置かなければならない正和には、正道を歩まんとする図書館のやり方がうらやましくもある。

「だけど、私はそのうち読んでみようと思う」

「えっ？　どうして？」

正和は思わずつぐみの顔を見た。つぐみは静かに、だけど強い意志を湛えた表情で正和の視線を受け止めた。

「知りたかったから。なぜ、紗耶香が殺されなければならなかったのか。なぜ、あんな風に晒しものにされなければならなかったのか。どうしてそれは、私やほかの誰かじゃなかったのか。どうすれば紗耶香は死ななくてすんだのか」

ふいに脳裏に教室の映像が浮かぶ。

教室の窓際、前から三番目。その机の上の一輪挿しにさしてあった白い薔薇のつぼみ。

あれは、つぐみの心遣いだったんだ、といまになって正和は確信した。紗耶香の親友。亡くなって十七年経っても、紗耶香のことを忘れないでいるクラスメート。

「ずっと、ずっと考えていた。なぜ紗耶香だったの？　なぜ事件は防げなかったの？　私が止めることはできなかったの？」

つぐみの顔から表情が消え、唇がへの字に歪んだ。泣き出すか、と正和は思ったが、涙はこぼれなかった。つぐみは大きく息を吸うと、平静さを取り戻す。

「馬鹿げているのはわかっている。だけど、知りたいの。紗耶香が、たった十四歳で殺されなければならなかった理由を。そうでなければ、私はこの事件から解放されない」

その言葉はずしんと胸に落ちた。

知ることで事件から解放される。そんなことは考えてもみなかった。出るはずのない答えを求めて、つぐみのこころはいまでもずっと事件に縛られているというのだろうか。

「でも、やっぱり怖い。読むといろんなことを思い出しそうで。あの頃の、苦しかった毎日に気持ちが戻りそうで」

迷うつぐみの顔は、中学生のように幼く見えた。大人になっても、あの事件を思い浮かべると時間が逆戻りしてしまうのは、正和にとっても同じだった。

「うん。だったら無理して読むことはないよ」

「そう思うんだけど、でも、いつかは読まなきゃいけないんじゃないかと思う。そして、事件を自分の中で終わらせなきゃ、と思ってる」

「読めば終わらせられるの？　レビューじゃ期待外れとか、たいしたことないっていう評がほとんどだけど」

本は読んでないが、本についてのレビューには正和は目を通していた。ネットではごく稀(まれ)に、まるで信者のように死我羅鬼を褒めそやす人間もいたが、圧倒的多数が批判的だった。ネット書店のレビューにも辛口のコメントばかりが並んでいる。

「わからない。だけど、読まなければいつまで経っても本のことが気になるだろうし、こだわり続けてしまうと思う」

つぐみは目を伏せ、冷めてしまったカフェオレに口をつける。しばらくの沈黙の後、つぐみは正和の顔をまっすぐ見て問い掛けた。

「椎野くんは、藤木の幼なじみだったんだね。椎野くんから見たら、彼はどんな人間だったの？　いつかああいう事件を起こすような兆しに気づいていた？」

つぐみの質問に、正和はすぐには答えられなかった。犯人がわかった後、いろんな人に同じことを聞かれた。創の犯罪に気づかなかった正和を責める者もいたし、好奇心で話のネタを求めている者もいた。そういう連中のほとんどは創の残酷なエピソードを期待する。残酷であればあるほど喜ばしいらしい。だが、そんなつもりでつぐみが聞いたのではないことは正和にもわかっていた。珈琲を一口飲むと、問いに答えた。

「もちろん、気づくもんか。それがわかっていたら、怖くてつきあえないだろ」

「それはそうね」

「確かに、ちょっと変なやつだった。小学六年の夏休みの課題で、やつは標本を出したんだよ。昆虫の羽だけ切り取って集めたやつを」

「羽の採集？」

「ただの昆虫採集なら、ほかにも提出したやつはいた。だけど、創は羽だけを集めた。しかも、トンボやセミやテントウムシといったありふれた昆虫の中にゴキブリの羽が交ざっていた。ちょっと異様だった。先生が『胴体はどうした？』と聞いたら『いらないから捨てた』とあっさり言うんだ。先生が『そんな残酷なことを』と言ったら、心底不思議そうに『昆虫採集だって同じことだが。それだって、どうせそのうち捨てるし。一生取っとくわけないのに、なんですぐに捨てたらいかんの？』って答えた。そんなやつだった」

　つぐみは神経質そうに目をぱちぱちしばたたかせたが、黙ったままだった。

「それでも、昆虫だけならいい。そのうち、雀とか鳩を捕まえてきて、羽だけ切り取って殺すようになった。一度だけそのコレクションを見せられたことがある。四角い菓子箱の底に、無造作に羽が並んでいた。異様だった」

　それを見せられて、『どう思う？』と聞かれたのだ。自分を驚かせるのが目的だとわかっていたから、わざと平気な顔をして『どうせだったら、ひとつずつ広げて並べた方がいいわ。それに、ちゃんとホルマリンに漬けないと、そのうち腐ってくるで』と答えた。命を粗末にするなとか、グロテスクだという言葉は創には響かない。大騒ぎをすれば、調子にのってさらに残酷なことをやってみせるだろう。だから、そんなつまらないことと言わんばかりの、クールな態度の方がいい、とその時は思ったのだ。

「親御さんたちは止めなかったの？」

「たぶん知らなかったと思う。中学に入った頃から、創は部屋に鍵をつけて、親の入室を拒むようになっていたから」

「そのコレクション、どうなったの？」

「その次に会った時、どうしたのか聞いたら、『飽きたから捨てた』と言っていた」

羽も胴体も、燃えるゴミの袋の中にまとめて捨てたという。残酷だという意識は、本人にはなかった。創にとっては、魚の骨や賞味期限切れの豚肉を捨てるのと変わらないのだろう。そこにどんな線引きがあるのか、と言われたら、正和はいまでも答えに詰まる。自分で命を奪うかどうかという違いはあるが、命の欠片（かけら）を捨てることに変わりない。

「気まぐれで衝動的に残酷なこともする。だけど、長続きはしない。創はそういうやつだと思っていた。残酷なことも、あの年頃にはあえてやってみたい衝動がある。自分だって行動に出なかっただけで、もやもやしたものをこころのどこかに内包していた。学者なら、それを思春期特有の性衝動とかなんとか、もっともらしいレッテルを貼ったかもしれないけどね」

「やっぱり……椎野くんはよく知っとるんだね。そういう話は、どこの記事でも見たことがなかった。事件の前に犬や猫を殺していたことは書いてあったけど」

正和に合わせてつぐみは共通語でしゃべろうとしているが、微かに名古屋訛（なま）りが入る。そこが愛らしい。自分はもう、意識しないと名古屋弁は出てこない。

「隣に住んでいたからね。ほかの人が知らないことも少しは知っている。だけど、詳しいわけじゃない。中三の頃には、あまり遊ぶこともなかったし。犬や猫を殺していたとか、そんなことも知らなかった」

やがてエスカレートして、犬や猫を標的にするようになったことは、事件後に出た雑誌を読んで初めて知った。それ以前、近所で動物がよく殺されているという噂を聞いた時、もしかして創の仕業か、と正和も思わなかったわけではない。だけど、そんなやつはほかにもいるだろうし、むやみに幼なじみを疑いたくはなかったのだ。

それに、創の家では犬を飼っていたことがある。その犬が事故で亡くなるまで、創もとても可愛がっていた。それを覚えていたから、創が犬や猫に悪さをするとは思えなかった。創は不良かもしれないが、根は悪いやつじゃない、とその頃は信じていたのだ。

「そう、隣に住んでいたから……あの時、疑われたんだね。だけど、ほんとにそれだけ？　なんで疑われたのか、聞いてもいい？」

率直な問い掛けに、すぐに是とは言えなかった。答えようがなくて黙り込む。

「ごめん、嫌なことだったら、言わなくてもいいよ。だけど、あの時いろんな噂が流れていて、……なかには共犯説があって、その共犯者は椎野だ、っていう話がまことしやかに囁かれていた。ふつうに考えれば、あいつとつるんでいた不良仲間が疑われる方が自然なのに、なんで真面目な椎野くんの名前が共犯者として出たんだろう。腹立たしかったし、ずっと疑問に思っとった」

共犯者、と聞いた途端、正和の頭がずきっと痛んだ。頭の中がいつもの、霞がかったような状態になる。頭を抱えて前のめりになった。異変に気づいたつぐみが、

「椎野くん、大丈夫？　顔が真っ青だよ」

「いや、大丈夫だ。あの当時のことを思い出そうとすると、こんな風になる」

「だったら、いいよ。話さなくても」

「いや、いいんだ。加藤さんには聞いてほしい。じゃないと、ずっと疑問に思ったままになるだろ」

「それは……そうだけど」

「俺が疑われたのは、指紋が出たからだよ」

「指紋？」

「田上さんの遺体を運んだダンボールが発見されて、そこに」

その事実はおそらくネットには出ていない。正和が未成年であることを考慮して、警察が公表しなかったからだ。しかし、正和自身は取り調べ室で刑事から聞か

された。

その前後の記憶は曖昧なのに、あの日のことはなぜかはっきりと脳裏に浮かべることができる。刑事の前で、何度も同じ説明をさせられたからかもしれない。


あの夕方、外出しようとして玄関を出た正和に、創が声を掛けてきた。ひと月後には、創は犯人として逮捕されるが、その時には予想もできなかった。

『悪い、荷物載せるの、手伝ってくれん？』

創は自転車の荷台にダンボールを載せようとしていた。荷台からはみ出る大きさなので、うまく紐が掛けられないらしい。

『これ、ちょっと押さえててほしいんだわ』

『わかった』

それくらいなら、という親切心だった。正和はあたりまえのように柵を乗り越え、隣家の庭に入った。そんな風に昔から行き来していたのだ。

「俺、ちょっと後ろめたかったんだと思う。自分は塾に通って、まともに受験しようとしているのに、創は落ちこぼれて高校進学もできないらしい、と噂になっていた。そんな創に手を差し伸べることもせず、学校で会った時は口もきかずにいる。だから、創から声を掛けられたことが嬉しかったし、それくらいの手伝いなら、喜んでするつもりだった」

だが、ダンボールの大きさに対して荷台は狭すぎた。ロープでなんとか括り付けたものの、不安定で落っこちそうだった。

『いいわ、このままで。俺、自転車引いて行くで』

荷物が重いので、創は自転車をカート代わりにするという。ゆっくり動かせば、荷物も落ちないだろう、と。

『どこ行くの？』

『学校』

『だったら、途中までいっしょに行くわ。俺、駅の方に用事があるで』

正和が自主的に手伝うと言ったのだ。荷物が何なのか、どうしてこんな夕方に学校に行くのか、なんて聞きもしなかった。そんなことに関心はなかったし、創が答えてくれるとも思わなかったからだ。

正和の用事というのは、塾の授業だった。学校に行かず、受験もしないだろう創に、進学塾に行くとは言えなかった。創もわかっていたはずだが、何も聞かれなかった。そして、創が自転車を引き、正和は荷物が落ちないよう後ろから手で押さえていた。

『今晩、雪降るって予報出とったけど、ほんとかな？』

『寒いで、予報当たると思う』

中学生男子二人がそんな様子で歩いていた姿は意外と目立ったらしく、たまたま居合わせた人たちの記憶に残ったのだ。そして、それが共犯説の噂へと繋がることになる。

「それは……椎野くんが藤木にはめられたってこと？」

「そうかもしれないし、そうでないかもしれない。あとから刑事に質問されて気がついたんだけど、あの時創は手袋をしていた。寒い日だったから不思議じゃないけど、指紋を残すまいと気をつけていたのかもしれない」

「わざと椎野くんの指紋を残し、捜査をかく乱させようとしていた、としても不思議じゃないね」

「そうかもしれないけど……最初から狙ってやったわけじゃない。あの時、玄関先で会ったのはほんとに偶然だったし」

「そうか。それに、彼は自分で共犯説を一蹴（いっしゅう）したんだっけ」

共犯がいたのか、と取り調べで聞かれたことに、創は不満を漏らした。

『こんなすごいことは俺のほかにはできない。愚者を引き入れて足を引っ張られるようなリスクを、この俺が冒すはずがないだろう』

自慢げに言ったその言葉は、警察によって発表され、マスコミに大きく取り上げられた。その不遜な態度が、いかにも劇場型犯罪の犯人らしい、と思われたのだ。

「そのおかげで、マスコミは追い掛けては来なくなった。だけど、まわりの噂はずっとつきまとっていたから、ほんとしんどかった」

誹謗中傷の電話や手紙は止むことはなかった。家の前に猫の死骸を置かれことももあったし、道を歩いていると、どこからか石が飛んできたこともあった。ほかにも、もっとひどいことがあったはずだと正和は思うが、それは記憶の底に沈んでいる。

「クラスでもずいぶんひどいことを言う人がいたものね。でも、女の子たちはみんな椎野くんの味方だったんだよ、知っとった？」

正和は首を横に振る。

「実はあの当時のことはよく覚えていないんだ。警察に何度も聞かれたから、ダンボール箱を運んで、交差点で創と別れたところまでは覚えているけど、事件が発覚してから高校に入学するまでの記憶は、ぼんやりと霞がかったみたいになっている。断片的にしか思い出せないんだ」

つぐみが驚いたように目を見張る。

「事件自体もショックだった。田上さんが殺されたことも、犯人が創だってことも。自分が共犯だって疑われたことも。何より、知らないうちに自分が創を手伝って、田上さんの身体をダンボールで運んだってことが。……だから、共犯者という言葉を聞いただけで、いまでも頭が痛くなってぼーっとなる」

ダンボールの中身は田上紗耶香の遺体だった。別の場所で紗耶香を殺害し、そこで首と手足を切断。一度それを家に持ち帰って洗い、死に顔に化粧を施して、その夕方学校へと運んだのである。

ダンボールの紙一枚とその中の薄いビニール袋越しに、紗耶香の身体に触れていた。それを聞いた時、ショックで嘔吐しそうになった。残るはずもない紗耶香の頭を触る感触が、なぜか掌に生々しく感じられて、背筋が総毛だった。

「椎野くん」

つぐみは慰めになるような言葉を探したようだが、それ以上の言葉は出なかった。

「まわりにもいろんなことを言われたし、マスコミも押し寄せて騒ぎになった。その後もいろんなことがあった。それは事実として知っているけど、実感として思い出すことはできない。まあ、無理に思い出そうともしてないけどね」

最後は笑ってごまかそうとしたが、つぐみはまっすぐな目でこちらを見ていた。

「それでいいと思うよ。そうやって身体が椎野くんを守っとるんだと思う。あの時のこと、私は覚えているけれど、振り返ることは滅多にない。中三の三学期、クラスはバラバラで、みんなヒステリックになっていた。事件からひと月後に犯人が逮捕されるまでは闇雲(やみくも)に怯(おび)えていたし、逮捕されてからはショックに耐えるだけで精一杯だった。なのに、まわりからは好奇の目で見られていたし、マスコミの取材も執拗(しつよう)だった。私たちはふつうの中学生で、受験も控えていたのに」

同級生の受験結果はぼろぼろだった。確実と言われた志望校を落ちた人間は何人もいた。犯人逮捕のわずか一週間後が、私立の最初の受験日だったのだ。そんな短期間で、気持ちを切り替えられるような器用な人間は少なかった。

正和自身も、滑り止めの私立を落ち、親のアドバイスを受け入れて志望校を変えた。祖父母の家の近くにある公立高校は、最初に考えていた志望校より偏差値は低かった。それでも、動揺している正和は自信が持てなかった。だが、この状況を抜け出せるかもしれない、という微かな希望にすがりついて自分を叱咤(しった)し、なんとか合格を勝ち取ったのだった。

「……椎野くんはそうした状況の犠牲者だった。怯えていたから、誰かを攻撃しないと精神のバランスを保てなかった弱い人もいた。それで、椎野くんをターゲットにしたのよ。だから椎野くんが遠くに行って、記憶から事件を封じることができて、ほんとうによかったと思う」

危ういところで正和はこらえたが、涙がこぼれそうだった。あの当時、事件のショックと、いわれなき誹謗中傷やいじめを受けたことで、おかしくなりそうだった。まわりがすべて敵に思えて、そこを逃げ出すことでしか自分を支えられなかった。

その判断は正しかった、と正和はいまでも思う。だけど、苦しみからひとり逃げた、という罪悪感もどこかに残っている。弟や両親、つぐみやほかのクラスメート、そこにとどまり続けた人々に対して、引け目を感じている自分もいたのだ。だから、逃げてよかったんだ、とつぐみに肯定されたことで、救われたような気持ちになったのだ。

「でも、できれば椎野くんにひどいことを言った人たちを恨まんといてね。きっと後悔していると思う。みんな子どもだったし、事件の衝撃が大きすぎて、正常な精神を失っとったし。……いまさらだけど、椎野くんに謝りたいって言っとる人もおったんだよ」

まっすぐでフェアなつぐみらしい言葉だ。つぐみの見ている世界は、きっと俺より純粋で美しい。

俺はやつらのことを許さないし、二度と会いたくもない。そこで現れたのはそいつの本性だ。自分の精神を安定させるために、平気で他人を犠牲にする。もし、俺に謝罪したいとしたら、自分は悪くなかった、という免罪符を俺からもらいたいだけなのだ。そんな自己満足につきあう気はさらさらない。

だが、それを正直に話して、つぐみの気持ちを乱したくはなかった。つぐみのそのまっすぐさが好きだし、ずっとそうあってほしい、と願う。

「大丈夫、あの頃の記憶はないって言っただろ？　それに、そうでなくても中学時代の同級生の野郎どものことなんて、十七年も経てば忘れているよ」

その言葉に、つぐみはほっとしたように微笑んだ。その微笑みが綺麗だ、と正和はみとれていた。

5

つぐみのおかげで、正和はひさしぶりに晴れやかな気持ちになった。その気持ちのまま、その晩名古屋を後にする。新幹線代を節約するため、東京まで高速バスを使う。夜行で行けば眠れるし、それほどつらくはない。早めに並んで窓側の席を確保すると、読みかけの本とアイマスクとペットボトルの水をリュックから出した。

それを座席前のシートポケットに移し、長時間の乗車のための準備をする。ここから新宿まで約七時間の走行だ。

「隣、いいですか？」

誰かがそう聞いてきた。正和はろくに相手の顔も見ず、

「どうぞ」

と、答えた。今日のバスは混んでいる。正月二日目なのでまだ帰省ラッシュには早いが、二人座席を一人でキープするのは許されなかった。正和の返事を聞いて、相手はリュックを網棚に載せ、シートに座った。大柄な男で、狭い座席の間に窮屈そうに足を入れ込む。

「よかったよ、この席に座れて」

隣の男の声に、正和はふと横を見る。妙に親しげなのが、なんとなく嫌な感じがした。正和の表情を読んだのか、男がふと口元に笑みを浮かべる。ひとを小馬鹿にしたようなその顔を見て、正和の頭に突然閃いた。

『ほんのちょっとだけ話を聞かせてほしいんだよ。きみ、犯人の幼なじみなんだろう？』

正和の腕を摑んで、男はそう言ったのだ。

「あんた、まさか『週刊トレンド』の」

「覚えていてくれて嬉しいね。いかにも取材記者の青木毅だ」

思わず正和の腰が浮いた。こんなところに座っていられない。しかし、男は正和の腕を掴んで、座席へと引き戻す。と、同時にバスが動き出した。

「今日は混んでいるから、ほかのシートには移れないよ」

男の言う通りだった。ほかに空いている席はないし、窓際に座っている正和は通路側に座った青木に圧迫されて、身動きが取れない状態だ。それを計算して自分の隣に座ったのだ。それに気づいて正和は腹立たしかった。

「なんであんたがここにいる？　俺の後をつけていたのか？」

「まあ、ご想像におまかせする。こうでもしなきゃ、きみは俺と会ってくれないだろう？」

「もちろんだ。どの面下げて、俺の前に顔が出せる？」

「静かにしろよ。まわりに迷惑だろ。……すみませんね、お騒がせして」

青木は通路を隔てた座席の若いカップルに頭を下げた。ふたりがいぶかしげにこちらを向いていたことに、正和も気がついた。

「お互い昔からの知り合いでね。ざっくばらんに言いたいこと言える間柄なもんで。どうぞ、ご心配なく」

そう説明されて、ふたりは「はあ」と納得したような、していないような返事をした。

それを見て、正和は口を閉じた。ここで騒いだら、まわりに筒抜けだ。

まもなく車内の電気が消えた。夜行便なので黙って眠れ、という合図だ。

男は声のトーンを落として、正和の耳元で囁(ささや)いた。

「悪かったと思ってるよ。それは前にも謝ったじゃないか。それにもう十七年経っているんだ。いい加減、時効にしてくれてもいいだろ？」

正和は黙ったままだ。おまえとは口もききたくない、という意思表示のつもりだった。

「昔はいろいろ話してくれたじゃないか」

正和は反論し掛けたが、口を開けば相手の思うつぼだ、と思い直した。窓の方に身体を寄せ、窓の外を眺めるふりをする。街のネオンが闇の中を流れていく。

「まあ、いろいろあったからな。ほんとに悪かったと思ってるんだよ。だから、豊(とよ)橋(はし)までは追っかけなかっただろ」

思わず正和は隣の青木の顔を見た。豊橋は正和の祖父母の住んでいた土地、正和が逃れた場所の地名である。青木が自分のその後も追いかけていた、と知らされたのだ。

目が合って、青木は再びにやっと笑った。煙草のヤニがついた前歯がのぞく。その顔を見て、年を取ったな、と正和は思った。青木の髪はぼさぼさで、着ているものも昔と変わらず、デニムにカーキ色のアーミーベストだ。しかし、十七年前は若さからくるエネルギーが滲み出ていた。いまは白髪交じりの頭髪や目尻の深い皺、薄汚れたジャケットから、やさぐれた雰囲気や疲労感のようなものが色濃く漂っている。

「俺だって、わざと嘘を書いたりするわけじゃない。間違ったネタだと思ったら、潔くあきらめる。まあ、みごとに犯人に騙されていたんだよ、あの頃は」

青木はかつて死我羅鬼事件を追いかけていた雑誌記者だった。事件発生直後に名古屋に来て、周囲に聞き込みを始めた。日帰りではなく、ずっとこちらに滞在していた。その取材対象は広範囲で、事件には直接関係のない、と当初思われていた子どもたちにも及んでいた。正和も何度か話し掛けられたことがある。青木の取材力のおかげで『週刊トレンド』の記事は他社をリードしていた。犯人逮捕の後、テレビでは取り上げられなかった共犯説も、青木の記事が先導した。それで正和や家族は苦しめられた。記事が出る前から、創の隣人で幼なじみということだけで正和を悪く言う人間もいたが、青木の記事が決定打になった。正和は迫害の対象になったのだ。

共犯説が誤報だったとわかった後も、訂正記事が載るわけでもなく、地元では正和に対する疑いが根強く残った。公務員である正和の親がコネを使って証拠を握り潰したとか、決定的な証拠がみつからなかっただけで警察はまだ正和を疑っているとか、あることないこと言われていた。それがわかっていても、正和一家は手の打ちようがなかった。

「それに、俺が書かなくても誰かが書いた。きみが疑われていたのは事実だしな。当時、あの事件はいちばん売れるネタだったんだ」

売れるネタ。自分たちのプライバシーは、ただのネタとして消費されたのだ。正和は胸が焼けるような思いがした。

「それを欲したのは大衆。もし被害者やその家族の心情を思いやって、そっとしておいてやろうとするくらいこの国の国民の民度が高ければ、俺たちの記事は売れない。ワイドショーでも扱えない。結局、マスコミは大衆の鏡なんだ。それを求める人間がいるから、下種な記事が載る。残酷で貪欲で誰かを悪役に仕立てて喜んでいるのは、日本人の大衆なんだ。俺らはその大衆に仕える下僕なんだよ」

それまで黙っていた正和が、たまりかねて反論した。

「そう言って、あんたは責任を取らないんだ。あんたの記事で俺や俺の家族がどれほどダメージを受けたか、知らないはずはないだろう」

自分だけじゃない、弟の状況もこの男は知っているはずだ。なんで俺の前にぬけぬけと顔を出せるのだろう。

「知っている。だけど、きみをほんとうに苦しめたのは俺たちじゃないだろ。俺たちマスコミは、それでも最低限の節度は守る。きみの名前も出さなかったし、幼なじみとは書いたが、隣人であるとか、きみの住む場所を特定できるような書き方はしていない。それをばらしたのは誰だ？　きみの同級生や友人だろ？　ネットや雑誌に出た顔写真のいくつかは、親しい関係でなければ持ち得ないものだったはずだ」

胸をキリで刺されたような、鋭い痛みが走る。図星だ。ろくに知らない人間に罵倒されることよりも、それまで親しいと思っていた人間が、自分を傷つける側にまわったことの方がはるかに痛手だった。その痛みはいまでも癒えてはいない。

「それがどうした。だからと言って、おまえには関係ない！」

正和の大声に、席の向こう側のカップルが咎めるような視線を送ってくる。

「悪かったな、ちょっと言い過ぎた」

まあまあ、となだめるように、青木が正和の腕を軽く叩いた。その手を正和は振り払う。

「なんでいまさら俺の前に顔を出せる？　いまの俺は売れるネタじゃないぞ。まさか、あの本の感想を聞きたいっていうんじゃないだろうな。『その昔、共犯を疑われた同級生が、あの本をどう読んだか』とかなんとか、くだらない記事でも考えたのか？」

正和が低い声で言うと、青木は卑屈な笑みを浮かべた。図星だったようだ。なんて安っぽい企画なんだろう。そんな程度の企画しか考えられないから、こいつはいつまで経っても三流記者なのだ、と正和は心の中で毒づいた。

「だとしたらおあいにくさま。俺はあの本を読んじゃいない」

「読んでないのか？　本屋なのに？」

正和の勤め先を把握している、ということを匂わせる。そうやって揺さぶりを掛けたつもりらしい。

「あんな本、見たくもない」

「本屋の売り上げには貢献してるだろうに。ここのところ、売り上げではトップを独走してるじゃないか」

「あんたらマスコミが騒ぎ立てるおかげで、いい宣伝になってるからな」

「そりゃ、知りたいだろ？　あの残虐な事件についてはいろんなことが書かれた。あれほど関連本が出た事件は、平成の時代を通じてほかにない。それだけみんなが知りたがったんだ」

青木の言うことは事実だ。この事件についてはいろんな人が本を書いた。事件を追ったノンフィクションの類はいくつも出たし、関係者もいろいろ本を出した。被害者の遺族はもちろん加害者の両親、彼の治療に携わった精神科医まで本を出している。

「だけど、みんながいちばん知りたいことは、どの本にも書かれていない。それは、十四歳の子どもがどうしてこんな事件を起こそうと思ったのか。どうやって生贄を選び、どんな風に殺したのか。殺した後、遺体に何をしたのか。そして、それをどんな気持ちでやり遂げたのか」

当時は少年犯罪については、いまより加害者に寛容だった。裁判は非公開、被害者の遺族でさえ犯罪の詳細を知ることは難しかった。一般人にはなおさら知ることができないことも多く、それが人々の好奇心をさらにあおったと言えるだろう。

「この本を読んだら、その辺がはっきりするに違いない。これに飛びついた連中はみんなそれを期待してたんだろう。下種な好奇心さ」

「それで、どうだったんだ」

「みごと空振りだ。俺たちの知りたいことは全然書かれていない。とんだ肩透かしだ、と読んだやつらは思ったことだろうよ。この内容で千六百円は高すぎるって」

「買うやつが悪い」

「そうかもしれないな。だけど、版元はそれなりに名前の通ったところだし、被害者を傷つけるような表現はさすがに許さないだろう。編集者の手もかなり入っているだろうから、あたりさわりのない範疇で収まるだろう、と俺は最初から思っていたよ」

「ふん、だったらそれでいいじゃないか。それ以上、話題をふくらませることはないだろうに」

「俺自身は、書いてある内容よりも、書こうと思った動機に興味があった。少年法に守られて穏やかな暮らしをしているはずの少年Aが、どうしてわざわざ過去の犯罪を蒸し返すようなことをしでかすのか」

「金だろ、どうせ」

　医療少年院を出る時、創は改名したという。そうやって犯罪者の過去を消せたとしても、中卒でこれといったコネも資格も持たない人間が、いい給料で働けるはずがない。このご時世、俺のように大卒で真面目に働いていても、カツカツの生活を送るのが精一杯だというのに。

「まあ、そうだろうな。いままでも素性がバレそうになって、何度も引っ越ししているし」

語られた事実より、それを知っている青木の執念に正和の背筋が寒くなる。過去の事件のはずなのに、まだ創を追い掛けていること。いや、創だけじゃない、この男は俺のことも、ずっと追い掛けていたのだ。

「金は欲しい。そりゃ誰だってそうだ。だけど、それだけじゃない。やつは、金以上に自分が注目されることを望んだんだ。本質的には昔と変わってない。目立ちたがりで、そのためならなんでもする。……考えてみりゃ、いままで沈黙していたのが不思議なくらいだ」

なんだってほっといてくれないのだ。こういう男がいる限り、この事件は何度でも蒸し返される。亡霊のように俺の前に立ち塞がる。

「だって、そうだろう？　やつにとってはあの事件が人生の華だった。それ以上に自意識を満足させられることは、その後の人生ではなかっただろうよ。自分のやったことを、大の大人が血眼（ちまなこ）になって追い掛け、テレビや新聞でもトップに扱われ、日本中の話題をさらったんだぜ？　そんな快感はなかったはずだ」

青木はまるで自分の輝かしい過去を語るように、うっとりとした目をしている。

その時、正和は気がついた。たぶん、それは青木にとっても同じだったのだ。

雑誌がいちばん力を持っていた時代に、世間の耳目（じもく）を集める衝撃的な事件が起こる。その場所にいち早く乗り込み、他社に先駆けて特ダネを連発する。飛ぶように雑誌が売れ、ほかの雑誌もその記事を後追いする。自分の書く記事に読者が一喜一憂する。

自分のペンが、確かに世論を動かしている快感。それは青木にとっても忘れがたい栄光の日々だったに違いない。

「馬鹿らしい。そんなことで目立って何が嬉しいんだ」

他人の名誉やプライバシーを犠牲にした、クソみたいな栄光。

「ふつうの人間ならそうだろう。だけど、自分の名前が売れるなら、悪魔に魂を売ってもいいという人間もいるのさ。犯罪を犯した瞬間は、やつもそう思っていたんだ。だけどその後、幸か不幸かやつは医療少年院で洗脳され、以前のような破壊衝動を失った。いや、もしかすると、三十過ぎて、中学の時のように闇雲に性欲に突き動かされることがなくなったか……あるいは性欲の対象が変わり、死とか暴力に結びつくことがなくなった。ごくノーマルなセックスを好むようになっただけかもしれないが」

創の犯罪は、その性衝動が嗜虐性（しぎゃくせい）と結びついていることによって引き起こされた、というのが、診断にあたった精神科医の弁だった。それを治療することが、更生に繋がる、ということだったらしい。

「だからどうだっていうんだ」

「それによってやつは人並みになり下がった。かつてのように、何も畏れることなく、衝動の赴くままに行動することができなくなった」

「それが治療の成果ってやつだろう」

「その通り。だけど、それでやつに何が残る？　人並みの人間になって、幸せになれたか？　いや、なれるわけがない。現実社会では、彼女のひとりもいない、仕事も住所も定まることのない、哀れな男にすぎないからな。いまのやつにとっては、自分はかつて世間を騒がせた少年Aであるというプライド以外何もない。だから、書くんだよ、自分の過去の栄光を。自分がもっとも輝いていた時代を。書くことで、自分の誇りを取り戻したいんだよ」

「わかったようなことを言うな」

訳知り顔で語る青木のことが、正和は不快でたまらない。

「やつの気持ちはわかる。俺はずっとやつを追っかけてきたし、俺自身もライターだからな。自分の言葉で世界が動く。書くことで、何かを手に入れることはあるんだよ」

「何かって？」

「世界……だな。書くことで『世界を摑んだ』と思う瞬間が、確かにある。怒りも悲しみもこの世の理不尽も、自分が書く文章の中では意味あるものになる。自分が世界の中心である、と確かに感じることができる」

　青木のまなざしはどこか遠くを見ているようだ。自分の言葉に陶酔(とうすい)したようなその言動に、正和は猛烈な苛立(いらだ)ちを覚えた。

「くだらない」

　何が世界を摑んだ、だ。書いているのはくだらない暴露記事のくせに。

　何をこいつは酔っているんだ？　しゃべったこともないくせに、創の何がわかるというんだ。

「傲慢(ごうまん)だと思うか？　だけど、世間に向かって何かを発するということはそういうことだ。それはまあ、そういう人間じゃないとわからないかもしれないが」

「ああ、わからないね。わからなくて結構だ」

「そう言える人間が、時にはうらやましいと思うね。書くことの闇に囚(とら)われていないってことだから」

「勝手に浸(ひた)ってろ！」

　これ以上、青木の自分語りにつきあいたくはない、と正和は思った。アイマスクで目を覆(おお)うと、窓ガラスに頭をもたせかけて、眠ろうとした。頰に当たるガラスは冷たくて、ほてった頭を冷やしてくれる。耳栓は好きじゃないので持って来なかったが、こんなことなら用意しておけばよかった、と後悔の気持ちに襲われていた。

「もう寝るのか。まあ、それならそれでいい。これからは俺の独り言だ。俺があの本を読んできみに会いたかったのは、違和感を覚えたからだ。……あれは、ほんとうにやつが書いたのだろうか？」

　青木の言葉を聞いて、正和は思わず目を開けた。開けたところで、アイマスクの作るかりそめの闇が、目の前の景色を遮（さえぎ）っていたのだが。

「何がおかしい、と言うんじゃない。ずっとやつを追っかけてきた俺の勘みたいなもので、なんとなく違う、としか言いようがないんだが。文章にはその人なりの息遣いみたいなものが現れる。素人（しろうと）であればなおさらだ。あの本にもプロが書いたような安定感はない。素人臭い。だけど、やつの息遣いだとは思えない。……もしかしたら、きみだったら、その違和感をわかってもらえるかもしれないと思ったんだが」

　隣で身じろぎする気配があった。そして、何かが正和の胸ポケットに入れられる気配がした。

「俺はもう眠る。名古屋で一日駆けずり回ったから、さすがに疲れている。きみが本を読んでないというなら、今日は仕方ない。だけど、もし何か気づいたことがあったら、ここに連絡をくれ。いつでも俺は連絡を待っているから」

　そうして、青木は静かになった。五分もしないうちに寝息が聞こえてきた。

正和はアイマスクをしたまま̄じっと動かずにいた。闇の中に創の姿が浮かんでくる。

スタジャンを着て手袋をはめ、自転車を引いている創。別れ際、ちらちら雪が舞い始めていた。交差点で別れる時、創は寒いというように首を縮め、背負っていたリュックから青い毛糸のマフラーを取り出して首に巻いた。それから、『じゃあ』というように片手を上げ、自転車を引きながら学校の方へと向かって行った。

何度も何度もリフレインするのはその姿だ。あれから逮捕されるまでに、何度も見掛けているはずなのに、その後の姿は思い出せない。

事件のことを知らず、平和だった最後の日。ふたりで歩いた数分の道のり。

それはもう、はるか遠くへ行ってしまった。

車内は静かだ。車のゆるやかな振動が、眠気を誘うのだろう。すでに熟睡しているのか、微かないびきもあちこちから聞こえてくる。

しかし、正和はいつまで経っても眠れそうになかった。頭の奥が熱を持ったように熱く、肩は誰かがのしかかったように重かった。ただでさえ窮屈な座席で、青木の方に近づかないように身を縮めながら、一刻も早く東京に着くことだけを願っていた。

6

結局、正和は創の本、世間的には「告白本」と呼ばれているものを読むことにした。青木にそそのかされたような気がして抵抗感もあったのだが、つぐみと会ったことで気持ちが動かされていた。つぐみが気になっていることが書かれているかどうか、かわりに読んで、教えてやりたいと思ったのだ。それがまた会う口実になる、という下心もなかったわけではない。

本は店長が貸してくれた。一度読んだら捨ててしまうので「なんならあげるよ」とも言われたが、それは慎んで辞退した。読み終わったら、一刻も早く店長に返すつもりだった。

その日の仕事が終わって、買ってきた弁当で簡単に食事を済ませると、ベッドに寝っ転がって本を読み始めた。薄い本だったし、文字の級数も大きめだ。ふだんなら二時間もあれば読み終わるくらいのものだったが、なかなか読み進められなかった。文章の中から見慣れた場所、思い出の光景が立ち昇ってくるからだ。

落ち葉を踏みしめ、細い山道を歩く。道が細くて曲がりくねっているうえに、両脇に木々が鬱蒼と茂っているので、どこに続くかわからない。木漏れ日がきらきらと足下にこぼれる。風の音だけが耳元をそっとくすぐっていく。迷子になったのだろうか、と不安になる頃、ようやく木々の緑が途切れ、視界が広々と開ける。なだらかな坂の下に、自分の住んでる家や学校がはっきり見える。自分の住む世界が手に取るようにわかる。その瞬間、胸の中が喜びでいっぱいになる。まるで自分が国民を見下ろす王様になった気分だ。

いま立っている場所が通称紅葉山、僕らの遊び場だった。

紅葉山。懐かしさに正和の胸が疼く。もう何年訪れていないだろうか。そこはお気に入りの遊び場だった。紅葉山というのは仲間うちでの呼び名で、地元では単に裏山と言っていた。そこは開発が遅れた高台であり、いちばん高いところには柵に囲まれた電波塔があった。小学生の頃、その近くに同じクラスの仲間たちと秘密基地を作り、そこで遊んだものだった。もちろん創もいっしょだった。

紅葉山に集合！

授業が終わると、僕らはそう言って家に帰った。ランドセルを投げ出し、用意されたおやつをハンカチに包んだ。「弟も連れて行って」と言う母の声が聞こえたが、そんなの知ったこっちゃない。ちびは足手まといだ。一刻も早く目的の紅葉山に行きたかった。

あの当時、紅葉山は僕らにとって世界で一番楽しい場所だった。そこにはうるさい親も先生もいない。僕らは『十五少年漂流記』の主人公たちのように、そこに秘密基地を作った。広さはだいたい二畳くらい。岩を並べて境界を作り、その中にうちから持って来たレジャーシートを敷き詰めた。板とダンボールで壁を作り、その上もレジャーシートで覆って天井にした。雨が降っても濡れないようにするためだ。そこが僕らの城、誰にも邪魔されない僕たちだけの居場所だった。その中でゲームをしたり、おやつを食べたりした。

正和の胸に甘酸っぱいものがこみ上げてくる。

そう、あの当時はそこが世界でいちばん素晴らしい場所だと思っていた。なのに、中学になって部活や塾が忙しくなり、それぞれ別の友人関係ができてくると、滅多に足を運ぶこともなくなった。

そして、いまはもう、絶対に行けない場所になった。あの事件の現場だから。

被害者を創が誘い出し、頭を鈍器で殴って撲殺したのはその場所だった。首と手足を切断したのもそこだという。正和たちの秘密の楽園は、陰惨な事件現場となり、一躍有名になった。マスコミや物見高い野次馬が押し寄せ、正和たちの大事にしていた場所を踏み荒らし、写真に収めた。いまでもたまにそういう連中が訪ねて来ることがあるらしい。だが、地元の人間が訪れることはない。そこは禁忌の場所になってしまったのだ。

　ほんの数ページ読んだだけで、懐かしさと、胸を締め付けられるような息苦しさを覚える。十七年経っても、昔のことを客観的に見るのは難しい。こうなることを恐れて、本から距離を置きたかったのかもしれない、と正和は思う。

　本の前半部は平和な日常、子ども時代のありふれた日常が描かれている。そこに、ちょっとずつ忍び寄る不穏な気配。

　庭先で犬を飼っていた。茶色に白い毛が混じった中型犬だ。雑種だったが、柴犬っぽいところが気に入っていた。名前はタケルと言う。当時観ていたアニメの登場人物から、弟が名付けた。僕は名前には興味がなかった。そもそもタケルという名前は呼びにくい。僕はいぬ、とかポチ、とか適当に呼んでいた。

　その犬のことも正和はよく覚えていた。小学三年生だった秀和と祐が同級生の家に遊びに行き、そこで産まれたばかりの仔犬を一匹ずつもらってきたのだ。秀和が連れて来た犬は、その晩ずっと鳴き続けた。そのため「うるさいから返してきなさい」と親に言われ、秀和は泣く泣くそれにしたがった。隣の家でも母親は反対したものの、父親が犬好きだったので、祐が連れて来た犬はそのまま飼えることになったのだ。

ぞんざいな扱いをしていたのに、なぜかタケルは僕に一番なついていた。弟より、僕の方が家では立場が上だ、と見抜いていたのだろう。僕が玄関を出ると、それまで軒下で寝ていてもすぐに起き上がって、千切れんばかりにしっぽを振りながら近寄って来るのだ。そんなふうになつかれると、やっぱりかわいくなる。世話をしていたのは弟だったけど、内心これは僕の犬だ、と思っていた。

正和たちは、時々タケルと遊ばせてもらった。タケルは人懐っこく、賢い犬だった。創も犬のことは可愛がっていた。だけど、中学に上がる直前の春休みにあの事故が起こった。

タケルは庭の犬小屋に繋いでいた。賢い犬だったし、自分のテリトリーを知っていたので、リードが外れていても庭から逃げ出そうという気配はなかった。それで油断したのだと思う。ある午後、タケルはフックから自力でリードを外し、外へと出て行った。後から考えると、紅葉山に遊びに行っていた僕を迎えに来たのだろう。紅葉山で遊んだ帰り、交通量の激しい道路を挟んだ向こう側にタケルの姿をみつけて、僕は驚いた。

「タケル！」

と、思わず大きな声で叫ぶと、それにこたえるようにタケルは嬉しそうな声で「ワン！」と一声鳴いた。そして、僕の方に駆け寄ろうとして道路に飛び出した。運悪く、バンが走って来たところだった。タケルはそこに飛び込むかたちになり、あっけなく跳ね飛ばされた。さらに、その後ろから来た大型トラックに踏みつぶされた。車はどちらも、何事もなかったように通り過ぎて行った。車が途切れると、僕は大急ぎでタケルの傍に走って行った。

その光景は正和も覚えている。正和やほかの友人たちは驚きのあまり動けなかったが、創はすぐに駆け寄り、自分の服が汚れるのもかまわず血まみれの犬を抱きかかえた。そして、真っ青な顔で「タケル、起きろ！」と叫んでいた。犬はぴくりとも動かなかった。「もう死んでるよ」傍にいた友人の誰かが、そうつぶやいた。「まだ死んでいない」そう言って創は犬を抱きあげ、立ち上がった。そして、そのまま家まで連れて帰った。正和たちはその時点でもう涙を流していたが、青ざめた顔をしながらも創は泣いてはいなかった。悲しみに耐えるように唇をかみしめていた、妙に大人びたその表情を、正和はなぜかはっきり覚えている。

　タケルを抱えて歩いているうちに、少しずつタケルの体から何かが抜けていくのを感じていた。血が滴（したた）り落ちるのと一緒に、力とか命の源のようなものが点々と地面にこぼれ落ちていくのだ。それは地面に落ちると撥（は）ね、散らばって、どこかに消えていった。不思議な感覚だった。悲しいというより、ただただ不思議な感覚だった。

　タケルが死ぬ。

　死んで、魂が抜けて、ただの肉と骨の塊になってしまう。

　魂はどこへ行くのだろう。それは僕のことを覚えているのだろうか。

　僕がタケルを抱えて家に戻った時、母親が言ったことは忘れない。

「賢いと思っても、やっぱり犬は犬だね。道路に飛び出して行くなんて、馬鹿なこと」

　悲しいでもなく、可哀そうでもなく、そう言ったのだ。怒りよりも驚きのあまり

僕が何も言えずにいると、さらに追い打ちをかけるように、

「あんた服が血だらけだが。困ったねえ、洗濯しても落ちるかわからんよ。着てるもの脱いで、シャワー浴びて。すぐ洗濯するで」

タケルの死にショックを受けていた僕は、その言葉に逆らう気力もなかった。それに、母の顔をそれ以上見ていたくなかったので、風呂場に行った。

風呂場でシャワーを浴びながら、僕は先ほど見た光景を反芻していた。その気になれば、僕は見たものを映画のシーンのようにはっきり思い出すことができたのだ。

最初に車にぶつかった時のタケルの驚いた顔。

空中に舞い上がる軽い体。

地面に叩きつけられ、奇妙なポーズで横たわるタケル。

そこに通りかかる二台目の車。

タケルの胴体の上に車輪がのしかかる。

タケルの口から血の混じった吐瀉物がほとばしる。

その瞬間、いままで感じたことのないような奇妙な快感が背筋を駆け抜けた。気がついたら、シャワーの水が股間を刺激していたのだ。僕の手は自然にそこへ伸びていた。

もっと快感を味わいたい。知識はなくても本能は知っていた。指はすばやくそこをしごいていた。

血まみれの記憶と精通が結びついた瞬間。

本ではこの時の快感が、犬や猫を殺すことに繋がったと書かれていた。そして、その残虐な殺害描写に延々とページが割かれている。創は見たものを正確に記憶する直観像記憶の持ち主だ。記憶は正確で詳細だ。俺は本を投げ出した。

わからない。なぜ、こんなことを書くのだろう。精通はたいていの男にとっては通過儀礼だが、その瞬間をこんな風に暴露したいものだろうか？ 男同士の馬鹿話でさえ滅多にしないことだ。まして、誰が読むかわからない本の中で公にしたいことではない。そして、その精通と残虐衝動が結びついたことが犯罪のきっかけになったなんて、精神科医は喜ぶだろうけど、なんだか都合がよすぎる気がする。

正和はベッドから起き上がった。キッチンへ行って小さな冷蔵庫からスポーツドリンクのペットボトルを取り出し、一気に飲み干した。やけに喉が渇いた。やっぱり読み続けるのは苦痛だった。もうやめてしまおうか、と思ったが、そこでやめるのもしゃくだった。

ベッドに戻り、続きを読む。残虐な描写には目を滑らせて、先へと進んだ。

親しい友人にも、僕が経験したことを打ち明けることはできなかった。そして、僕が犬や猫にいたずらをするようになったことで、ますます距離を置かれるようになる。僕の覚えた快感を、ともにわかち合う者はひとりもいなかった。

気持ちの通い合わない連中の中にいて、僕は孤独を感じていた。

僕の居場所はここにはない。そう思うようになっていた。


本に書かれているのはそれだけだった。だが、周囲との溝を作った原因がそれだけではないことを、正和は知っていた。中学に入ると、創は学校をさぼるようになっていた。授業に出てもろくに参加せず、机に突っ伏して居眠りをする。注意する教師もいたが、多くの教師は見て見ぬふりをした。キレると狂暴になる、と思われていたし、忙しい教師連中は面倒を避けたかったのだろう。クラスの問題児とつきあおうとする人間は少なく、まわりは腫物（はれもの）に触るように創と接するようになった。成績は下がる一方だったらしい。中学の三年間はずっと別のクラスだったが、隣家の母親の怒鳴る声で正和はその状況を知っていた。

創は進学しないらしい。中三の夏頃、そんな噂がまわってきた。それを聞いて、やっぱり、と正和は納得した。学校にいることに苦痛を感じているらしい創が、さらにその状態を続けるとは思えなかった。だからといって、働いている創というのも想像しにくかった。

あいつはいったい何をやりたいのだろう？

その当時、ちらっとそんなことを思ったこともある。だが、それ以上突き詰めては考えなかった。自分自身のことで精一杯だったから。

しかし、本にはそうした将来への不安は一切書かれていなかった。残虐さがエスカレートして、いつしか人間を傷つけたい、殺したい、という想いが芽生え始める。その部分に重点が置かれる。

どうして学校のことが書かれていないのだろう？

創はしばしば学校で問題を起こした。廊下のガラスを割ったり、火災報知器を鳴らしたり、授業をさぼって屋上で煙草を吸っていたり。自分は居場所が無かった、と創は言うが、まわりとの壁を作り、居場所を無くしていたのは自分自身の行為の結果だ。

結局、都合の悪いことは書かないんだな。異常な精通体験は死我羅鬼潔という希代の犯罪者にはふさわしいが、進学の悩みや不良のいたずらはありふれすぎて書くに値しないというのか。それとも、そんな俗なレベルの悩みではない、と言いたいのだろうか。

そう言えば、母親は折に触れて登場するが、父親のことも弟のこともほとんど書かれていない。まるで母子家庭の一人っ子のようだ。創にとっての家族はそういうものだったのだろうか。

告白なんて言っても、すべてが正しく書かれているわけじゃない。書く人間から見た正義であり真実だ。書き手に見えないものは存在しない。不都合な真実は消去される。

何を書こうと、当事者には客観的な真実など描けるはずがない。結局、告白本なんてやつは、当事者の思い込みを正当化するためだけに存在しているのだ。

『魔女の墓標』という漫画をなぜ知ったのか、よく覚えていない。おそらくクラスの隅に転がっていた一冊だったと思う、自分が読み終わった漫画を、クラスに持って行くのが当時流行(はや)っていたことだから。漫画の山の中で『魔女の墓標』のコミックは光って見えた。

それは違う。クラスに漫画を持ち込むのは中二の頃流行ったが、すぐに学校側の指導が入って禁止になった。それに、あれはマイナーな青年漫画誌に連載されたものだったから、知ってるやつは少なかったはずだ。漫画にそれほど興味のない創が、なぜ知っていたのだろう？　自分でさえ、当時は知らなかったのに。

なんとなく違和感を覚えながら、正和は読み進めた。本には『魔女の墓標』を褒めちぎる言葉が並んでいた。そして、その作品から受けた衝撃を、自分もほかの人に与えたい、と思うようになった、と書かれていた。

非凡な想像力から産みだされたものを、現実化させることこそ、僕に与えられた使命なのだ。

そうして、殺人に至るのだが、具体的な経緯は省かれている。

今日こそ計画を実行する。そう考えた時、僕の目の前に〝彼女〟が現れた。

肩までのまっすぐな黒髪。黒目がちな瞳、真っ白な肌。ひと目見て、彼女こそ生贄(いけにえ)にふさわしいと確信した。

生贄にして、女神。

特別な運命の星のもとに生まれた人。

平凡な生活の頸木(くびき)を外し、永遠へと飛翔すべきそのうつくしき魂。

僕はその手助けをするためにいるのだ。

そうして、それを実行した。

事件について書かれているのはそれだけだ。なぜ被害者を選んだのか、どうやって彼女を紅葉山に呼び出したのか、犯行の時、何を考えていたのか、そうしたことには一切触れていない。

それよりも、その後の騒ぎ、逮捕、裁判、そして医療少年院での日々といったことに紙面が費やされている。殺しをした時、そして遺体を傷つけている時、性的な興奮を得たのかなど、人々が知りたい下世話な部分への答えはない。そして、少年院を出てからいままで、どこで何をやっていたのか、それについての記述ももちろん書かれていなかった。だから、後半部分は正和にとってはあまり読む意味がなかった。

こうした本を書いたことで、遺族のみなさんにつらい記憶を蘇らせてしまうことを、たいへん申し訳なく思います。やったことは取り返しがつきません。子どもの頃の、衝動にまかせた行為で、人を殺めてしまった。そのことについては被害者や遺族の方々に、いくらおわびしてもおわびしきれないことだと思っています。

でも、だからこそ、僕はこの本を書かずにはいられなかった。もう一度、自分のやったことをみつめ直し、反省しなければ、次に進めないと思ったのです。その想いを、この本から感じ取っていただければと思います。

そんな締めの言葉であっさり終わっている。身勝手な弁明だ、と正和は怒りを覚える。書きたいことだけ書きっぱなし。この本で創は何を伝えたかったのだろう。つぐみや正和が知りたいと思う部分は結局わからなかった。創の実像や犯行の実際は、読む前と同じ、遠くに霞(かす)んだままだ。

そして、青木が疑っていたこと、これが本人の記述かどうかについては、正和には判断しかねた。書いてある内容のかなりの部分は、本人でないと絶対に書けないものだと思う。少なくとも、子どもの頃の思い出や描写は正確だ。それに、思ったよりちゃんと文章になっていた。原稿用紙で二百五十枚だか三百枚だか、書き通しただけでも立派なものだ。青木は『やつらしくない』と言ってたが、それはよくわからない。十七年も前のことだ。記憶違いはあるだろうし、忘れていることもあるだろう。個々の描写をあげつらっても仕方ないと思う。

そもそも青木はなんでこれの真贋(しんがん)にこだわったのだろう。文学作品とか何かの賞にノミネートされたものなら、本人が書いてないことはスキャンダルになるが、しょせんこれは元犯罪者の告白本だ。文学的価値など誰も期待していない。もし、ゴーストライターが書いていたとしても、それほど騒がれはしないだろう。

　正和は本を放り出した。こんなもののために大騒ぎしている自分が、なんだか滑稽に思えた。明日店にこの本を持って行って、店長に返してしまおう。そして、つぐみには「読む必要はない」と言ってやろう。これが出たからといって、自分たちの生活にはなんの関わりもない。

　そう決めると、気持ちが楽になった。そして、急に空腹を感じた。この日はカップ麺しか食べていないのだ。正和は勢いよくベッドから起き上がった。外でうまいものを食って、つまらない読後感を払拭してしまおう。こんな本にいつまでも振り回されるのは馬鹿みたいだ、と思いながら。

7

「椎野さん、おひさしぶり」

　二月も終わりに差し掛かったある日、K出版の営業マンが店を訪ねて来た。都心にあり、二百坪とそこそこ広さもあるこの店には、営業マンがよく訪れた。JR山手線と地下鉄東西線と西武新宿線の三つの駅があるので、何かの折に立ち寄りやすいのだ。

「このたびはありがとうございました」

正和の顔を見ると、営業の深野幸三郎（ふかのこうざぶろう）はいきなり頭を下げた。深野は正和より一回りは年上だ。頭を下げられると、少し薄くなった頭頂部が目に入る。

「なんの件ですか？」

K出版と言えば、創の本のことしか思い浮かばない。業界でも大手に属するこの版元が、なぜ下世話な告白本を出したのか解（げ）せないので、つい冷たい声が出た。

「もちろん、書店大賞のことですよ」

「ああ、そんなこともありましたね」

気のない正和の返事を聞いて、深野は心外だ、という顔をする。いまの時期それ以外なんの話がある、と言わんばかりだ。今回の大賞受賞作の版元はK出版なのだ。

「刊行前にゲラをお配りした時、椎野さんがSNSで『正真正銘の大傑作』と言って、強力に推してくださったでしょ？　あれがきっかけで読んでくださった書店員さんも多くて、ほんと感謝してるんです」

「ありがとうございます」

創の本のことで頭がいっぱいで、正和は書店大賞のことをすっかり忘れていた。

「うちとしては初めての大賞受賞作なので、社を挙げて売っていこうと思うんですよ」

「よかったですね。おめでとうございます」

書店大賞は、書店員の投票で決まる賞である。一位になった作品は映像化され、大ヒットすることが約束されている。一般にはまだ結果が公表されていないが、K社の出した本が今年の書店大賞に選ばれたことは、投票した書店員には既に連絡が来ている。その結果に基づいて仕入れを増やし、発表と同時に書店で大きく展開することを期待されていた。

「牧野裕一（まきのゆういち）さんはデビュー作から応援してますから。いままでヒットに恵まれなかったので、今回こそと僕も思っていました」

牧野裕一は四年前に大手文芸出版社からデビューした時、編集者に連れられて店に挨拶に来た。当時まだ大学生だった牧野の、飾り気のない人柄と作風に好感を持った。それで、この作家がブレイクするまで応援しようと思ったのだ。

正和がそんな風に決めている作家は、常に何人かいた。後に有名作家になった人もいれば、まだブレイクできずにいる人もいる。そんな風に作家の成長を見ていくのも、文芸書担当者の楽しみであった。

「牧野さん自身もそのツイートを見ていて、すごく感謝されているんですよ。書店大賞の発表の日にぜひご挨拶したいとおっしゃっています。椎野さん、授賞式に来ていただけるんですよね？」

「ええ、たぶん。シフトが決まらないと確約できないんですが、毎年俺が授賞式に行ってることは、店長もわかっています。なので、大丈夫だと思います」

授賞式には書店員が全国から集まるが、版元の人間も大勢やって来る。版元の人間と繋がりができると何かと役立つので、授賞式に出るのも仕事のうちだ。

「牧野さんのためにも、ぜひ出席してくださいね。ところで、受賞作の追加のご注文は入れていただいていますか」

「もちろんです。本部一括なので、どれくらいうちに入ってくるかわかりませんが」

正和の店はチェーン店なので、出版社とは個々の店舗との取引ではなく、本部が注文を取りまとめる。そして、各店舗の実績に基づいて本部が配本数を決める。書店大賞の受賞作のような売れ筋は、どこの店でも欲しがる。だが、結局は新宿や池袋や有楽町など、都心の大型の店舗の方に多く持っていかれてしまう。正和の店はチェーンでは上位の方にランクされている。ある程度は入荷されるだろうが、希望通りの数が入荷されるかどうかは、当日になってみないとわからない。

「もし、足りないようでしたら、私に直接言ってください。なんとかしますから」

「ありがとうございます。助かります」

「いえいえ、今回の受賞作については、ひとかたならぬご恩がありますので、少しでもお返しができれば、と思ってるんですよ」

ビジネスといってもやはり人と人との繋がりが大事だ、と正和は思う。こういう律儀な営業マンのいる版元の本を優先的に扱おうと思うのは、やはり人情というものだろう。

「ところで、今日はその件だけ？　ほかに何か？」

正和は何気なく聞いたつもりだったが、途端に深野の表情が引きしまる。

「その……コミックの方でも一件、お願いが」

正和は文芸と文庫のほかコミックも担当している。社員が少ないので、ひとつのジャンルだけ見ているわけにはいかないのだ。

「これなんですけど……」

深野が鞄からファイルを出し、注文書を取り出して正和に渡す。それを見た正和の顔がたちまち凍りつく。

「三月の新刊です。例の本と併せて置いていただけないかと」

正和の目を見ないで、深野は早口で用件を言った。できれば言わずに済ませたいが、それでは終わらないから仕方なく、といった調子だった。

深野の言葉は、正和の耳には入ってこなかった。注文書に書かれているのは、コミック『魔女の墓標』の完全版についてだった。表紙のイラストの横に、でかでかと『緊急出版！　禁断の問題作が、十七年の時を経て甦る！　幻の完結シーンを新たに描きおろし‼』と、キャッチコピーが書かれている。

「こんなもの、なんで出すんです？」

正和はかっとなって怒鳴った。制御できない怒りがこみ上げてきて、頭が熱い。その声に、近くにいた客が驚いて振り返った。それに気がついた正和は、少し声のトーンを下げる。

「おたくには、モラルっていうものがないんですか？」

言われることを覚悟してきたのだろう、深野は恐縮したように頭を下げている。それが、面倒をやり過ごしているように見えて、正和はさらに怒りが増幅する。

「これは十七年前に封印されたものじゃないですか。なんで蒸し返すんです？　そんなに死我羅鬼の本の話題を盛り上げたいんですか？」

正和は、注文書を深野の目の前で破った。ふたつに引き裂かれて床に捨てられた注文書を、深野が黙って拾う。それを鞄の中にしまうと、静かに正和を見た。その悲しげなまなざしを見て、正和は少しひるんだ。

「正直に言えば、あの告白本といい今回のコミックといい、こんなつらい営業はありません。私にも中学生の娘がいますから、若い女の子が犠牲になるような話の本は、実話でもフィクションでも売りたくないんです。でも、告白本については社内でもトップシークレットで進行しており、我々末端の営業部員が知らされたのは、搬入の朝でした」

深野は疲れたように淡々と語っている。正和だけでなく、何人もの書店員に同じ説明をしてきたのだろう。

「社内でも、告白本については侃々諤々いろんな意見が飛び交いました。大方は反対でした。出版社のモラルに反する、と。でも、ご承知のようにうちはワンマン社長のカリスマ性でもっている会社ですし、社長は『この本は、年間売り上げのトップを狙える話題性がある。それだけ人々に求められている本を出すのがなぜ悪い？おまえたちにこれ以上売れる本を出せるのか？　この本に反対なら、遠慮なくうちの会社から出て行ってくれ』と言って、反対派の意見をねじ伏せました」

K出版の名物社長の脂ぎった顔が、正和の脳裏に浮かぶ。売り上げ至上主義のあの社長なら、言いそうなことだ。

「わかっていただきたいとは言いませんが、うちにはいい本もあります。たとえば牧野さんの本のように、営業部一丸となって売り出したいと思う本もあります。……そういう本を守るためにも、売れるとわかっている本を無視することはできないんです」

苦しい言い訳だということは、本人も自覚しているのだろう。語る深野の視線は正和の視線を避け、どこか先の方を見ている。

上には逆らえないサラリーマンの悲しさだ、と正和は思う。

それは自分も同じだ。おぞましい本といいつつ、売り場に置くことを黙認している。

自分も深野も、卑小さにおいては変わりない。いや、創と因縁があるくせにこの本を放置している自分の方が、与えられた仕事をただこなしている深野よりもさらに卑劣だ。それに気づいているから、正和は深野にあたってしまう。

「だからと言って、これまで出すことはないでしょう。そもそも、完全版ってことは、わざわざ続きを作家に描かせたってことですよね？　途中で打ち切りになっているのに、急に原稿は揃わないでしょう？　告白本の次にはこれを売るってことを、あなたの会社は最初から計画してたってことじゃないですか」

ほんとうにこの本が有害だと思うなら、ほかの書店員たちと協力して、悪書反対運動でもやればいい。企業の営利至上主義と闘うのは独力では無理だ。ほかの人間も巻き込まなければダメだ、ということは正和にもわかっていた。

だけど、面倒だからそこまではやらない。自分は結局それだけの人間なのだ。

「こう言うと、言い訳にしか聞こえませんが、この企画についても、知っていたのは社長と担当編集者だけなんです。いつから進めていたのか、どうやって漫画家にアクセスしたのか、コミック編集部の人間でもわかりませんでした」

「つまり、コミック本と告白本を仕掛けたのは同じ編集者ってこと？」

「はい。文芸一課の人間です。椎野さんもたぶん、お会いになったことがあると思いますよ」

　文芸のパーティや新刊発表会などで、書店員と版元の編集者とはたまに会う機会がある。その際に何人もの人間と名刺交換をするから、正和が会っていても不思議ではない。

「名前は？」

「久我（くが）明巳（はるみ）です」

　編集者も、書店によく顔を出す人とそうでない人がいる。おそらく後者なのだろう。全然記憶にない。

「うちではヒットメーカーと呼ばれています。あのJリーグのM選手の本やタレントのTの本なんかも彼の仕事です」

　ともにそのスキャンダラスな内容と、テレビとタイアップした仕掛けのうまさでベストセラーになった本だ。

「文芸編集部に在籍はしていますが、地味な小説家とのつきあいよりも、芸能関係の仕事を好んでやる男です。その関係でテレビにもコネがあり、今回の件でもワイドショーに積極的に売り込みをかけたようです。……発売当日からワイドショーが大きく取り上げたのも、そのおかげだとか。我々営業部には、まったく知らされてませんでしたけどね」

口ぶりは穏やかだが、皮肉な響きがある。深野自身も久我という男に好意を持っていないのだろう、と正和は思った。

「営業部に内緒で動くなんてことがあるんですね」

「営業だけじゃありません。宣伝部も知らなかったということで、大騒ぎになっていました」

「そんなことが許されるんですか？」

「社長のお墨付きさえあればね。久我は社長のお気に入りですから。直属の上司でさえ、彼には何も言えないらしいです」

「直属の上司って、城田（しろた）さんも？」

「はい」

城田はK出版の文芸部長で、歯に衣着（きぬき）せぬ言動で知られている。部下を頭ごなしに叱りつけるのも、日常茶飯事らしい。その城田が何も言えないというのだから、その久我という男は、特異な存在なのだろう。

ワンマン社長の意のままに動く男。そいつはどうやって創と接触したのだろう。さらに、消えた漫画家だったはずの天神我門とどうやって連絡を取り、いつ原稿を依頼したのだろうか。こんな本のことなど知りたくもない、と思いつつ、青木に影響されたのか、いろんな疑問が浮かんでくる。

「あの、書店大賞の授賞式にはうちの文芸の人間は全員出ますので、もし久我にお会いになりたければ、ご紹介しますよ」

「いや、それは別にいいんですけど」

そいつに会ったからといって、何か変わるのだろうか。出版の経緯がわかったからといって、いまさらどうにかなるわけでもないのに。

「ともあれ、書店大賞の方はよろしくお願いします」

一巡して最初のテーマに話を戻すと、深野はこの場を逃れるように足早に去って行った。正和はいらいらする気持ちをまだ抑えられない。在庫の本が詰まったストッカーに八つ当たりして蹴飛ばすと、事務所の方に歩いて行った。

8

コミック発売の件は、鎮まりかけた死我羅鬼本の話題に、再び火を点けることになった。ワイドショーでは賛否両論渦巻いている。良識派と見られたい連中は、こぞってこれに反対した。

『なんでいま、このタイミングでこれを出すのでしょうか？　告白本の話題に便乗しようという出版社の売らんかなの目的以外、考えられない』

『被害者のご遺族の方々をいっそう傷つけることになるんじゃないでしょうか』

一方、賛成派は、表現の自由を守るという大義名分を掲げる。

『コミック自体はよくできたエンタメ作品。これより残虐な漫画や過激な漫画は世の中にいくらでもある』

『犯人の愛読書だからと言って、作品自体を封印するのは表現の自由に反する行為。作品に罪はない』

医者や弁護士や作家や学者や政治家や教育評論家やタレントや芸人までもが、もっともらしい自説を説く。お互いの主張は交じり合うことも、有意義な結論を導き出すこともない。ただ感情の赴くまま、強い言葉を嬉々としてぶつけ合っているだけだ。みなテレビ画面の中で、どれだけ自分が目立つかだけを考えている。

ネットの世界はもっと混沌としていた。こちらは、良識派よりもコミック擁護派の勢いが強い。天神我聞は悲劇の作家として、一部ファンの根強い支持を受けている。絶版になったコミックは古本市場では高値で取引されていたから、その完全版が正規の価格で販売されることを歓迎する者も多い。

　そして、話題になればなるほど本は売れる。止まりかけた告白本の売り上げはまた上向きになり、コミックについても予約が殺到している。初版二十万部では足りないとみて、異例の十万部の発売前重版が決定した。

　そして、コミック発売の前日、ＳＮＳに情報が駆け巡った。その夜七時から動画サイトで漫画家の天神我聞のインタビューが配信されるというのだ。

「なんでそんなことを！」

　出社して、バイトの本橋駿からそれを知らされた正和は、思わず声を荒らげた。

　しかし、本橋は雑誌を棚に並べながら、のんびりした口調で答える。

「そりゃ宣伝のためでしょう。告白本と抱き合わせでヒット間違いなしだし、ここで幻の作家も出てくれれば、否が応でもネットで盛り上がりますしねえ」

「そんなこと、わかってるさ。だけど、そこまでして売りたいのか。買いたい人がそっと買えばいいことじゃないか」

「そうは言っても、この漫画家、事件のために、ずっと干されていたんでしょ？　だったら、この際ちょっとでも損失を取り戻そう、って思うんじゃないでしょうか。……もともとこの人が悪いわけじゃないんでしょ？」

「それはそうだけど」

「ところで、椎野さんはこの漫画、読んだことあるんですか？」

「読んだことはない。これは青年コミックに連載されてたから、興味の対象外だったんだ。まわりの中学生の間でも評判にはならなかったし」

「ふうん。じゃあ、死我羅鬼は相当なコミックおたくだったんですね」

「そうでもない。漫画は読んでたけど、わざわざ新しいものを発掘するというようなタイプじゃなかったし」

「じゃあ、死我羅鬼はどこでこのコミックを知ったんでしょうね」

何気ない本橋の言葉に、正和ははっとした。

そうだ、創の告白本を読んで引っ掛かったのはそこだ。

「どっちにしても、死我羅鬼の目に留まらなかったら、絶版になることもなかったし。この漫画家にとっちゃ災難だったと思いますよ」

本橋の弁を上の空で聞きながら、正和は自分の中にぼんやりと感じていた違和感の正体を、頭の中で整理していた。

創が漫画を知った経緯を曖昧にしていたこともそうだが、何より『魔女の墓標』に対する熱狂が創らしくない。ものでも人に対しても、熱狂したり、強い愛着を示すタイプではなかった。作品に対するリスペクトがあの犯罪のきっかけになった、というのは腑に落ちない。

「うーん、もう一種類平台に置けるといいんだけどな」

本橋は雑誌の並べ方に気を取られている。正和も雑誌の並べ方を考えているふりをしながら、浮かんできた疑問の答えを探していた。

ネット配信は夜の七時からだった。夕食を終えた正和は、缶ビール片手にパソコンの前に待機した。

時間通り配信が始まる。軽薄そうな司会の男が、ひとしきり口上を述べた後、天神がフレームに入ってきた。天神はプロレスラーのように、顔がすっぽり覆われる黒いマスクを被っている。顔出しはNGということだろう。同時にチェックしているSNSでは、失望する声が流れてくる。

『意気地なし』

『せっかく変態漫画家の顔が拝めると思ったのに』

『これじゃ、誰だかわからない。偽物かもしれない』

SNSの声が届いたわけでもないだろうが、司会がいきなりこう切り出した。

「あなたが、天神我聞本人である証拠を見せてください」

あらかじめ打ち合わせていたのだろう。マスクをした男は、用意してあったペンとインクとケント紙を机の上に取り出した。そして、ペン先をインクに浸すと、いきなりケント紙に何かを描き始めた。じっと見ていると、黒く丸いそれが、誰かの目を描こうとしていることがわかった。そして、鼻を描き、顔の輪郭(りんかく)を描くと、『魔女の墓標』のヒロインの顔になってきた。

「この髪の生え際(はえぎわ)は、こうしてペンの勢いを利用して描くんです」

ボイスチェンジャーを通したらしい、くぐもった声が説明をする。そして、あっという間に制服を着たヒロインの上半身が完成した。

動画サイトを視聴した連中は、みな驚愕した。

『さすが天神我聞、線に迷いがない』

『いきなり目から描きだして、ちゃんと絵が決まった。この人、めちゃめちゃデッサン力ある』

『すげー。すげー。ずっと絵描くとこだけ観ていたい』

そんなコメントがSNS上に飛び交う。この段階で、漫画家側が視聴者を味方につけたも同然だった。そうした反応を予測していたのか、司会も落ち着いた様子でインタビューを始める。

『確かに、天神さんであることを確認させていただきました。ありがとうございます。では、質問に移りたいと思います。まず伺いたいのは、なぜいま、このタイミングで漫画を刊行することになったのですか？』

『このタイミングと言われても』

質問者の問いに、漫画家はしばらく沈黙した。

『出版社から依頼があったからです。俺が決めたことじゃない』

『依頼はいつあったのですか？』

『三ヶ月くらい前だったかな？　突然、つきあいのないK出版からメールが来て、これを出したいと言ってきた』

三ヶ月前とすると、告白本の発売が決まってからということだ、と正和は思う。

『三ヶ月前に依頼が来て、もう発売ですか？　ずいぶん短いですね。原稿を描いてる時間はあったんですか？　描きおろし部分が二百ページはありましたよね』

なかなか鋭い質問だ。原稿を入稿してから本ができあがるまでに、どんなに急いでもひと月は掛かるはずだ。そうなると、執筆に掛けられる時間は、ひと月かふた月。そんな短い期間で、中断したところから最後まで描く時間があったのだろうか？　あの緻密（ちみつ）な絵柄で？

しかし、天神はなんてことない、と言うように返事した。

『だって、原稿はずっと手元にあったし』

『手元にあったとは？』

『もうずっと前、十五年くらい前には全部描き上げていたから』

『それは……連載中断してからも描いていたってことですか？』

『そういうこと』

『えーっ、それはびっくりですね。まさか、連載終わっても、執筆を続けていたとは。……つまり、いつか発表の時が来ると思ってたってことなんですか？』

『んー、どうだっただろう？　もう商業誌では出せないってわかっていたんだけど、やめられなかったんだ』

『やめられなかった？』

『うん。描き始めたものは終わらせないと、すっきりしないだろ？』

聞いていた正和は、飲んでいたビールの缶を思わず口から離した。

仕事でもなく、あの続きを描いていたのか。発表できないとわかっていても、描かずにはいられなかったというのか。

『つまり、発表のあてはなかったけど、描きたい衝動を抑えきれなかったので、描き続けたってことですか？』

『うまいこと言うね。かっこよく言えばそうだけど、要するにヒマだったんだ。あの事件以降、注文がぱったり途絶えたし、いろいろ悪く言われたから、あんまり外に行きたくなかった。貯金がちょっとあったんで、それで食いつなぎながら原稿を描いていた』

淡々と天神は答える。まるで当たり前のこと、と言わんばかりに。

『そうでしたか』

『区切りをつけなくちゃ、と思ったのかもしれない。じゃないと、いつまでも引きずりそうだろ？　作品のことも、打ち切りのことも』

『その後、漫画は描いてないんですか？』

『描いてるよ。俺から漫画を取ったら、何も残らないし。時間を掛けて絵柄をすっかり変えて、ペンネームも変えて、別の雑誌からデビューした』

『では、いまも漫画家を？』

『うん。ペンネーム変えたら運気が上がったみたい。結構順調に仕事が来ている。アニメにもなったし。その出来がよかったから、原作もまた売れちゃったし』

その話が出た途端、ＳＮＳでは騒ぎが大きくなった。

実は売れっ子漫画家になっている？　では、誰だ？　アニメ化されて人気が出た作品なんて、掃いて捨てるほどあるが。

天神の現在をめぐって、いろんな推測が飛び交い始めた。

『じゃあ、いまさら昔の漫画を出すこともなかったんじゃないですか？　売名行為とか、便乗商法とも言われていますが』

『それはそうだよね。だけど、俺、漫画家だから、描いたものは人に見てもらいたいんだ。それで面白かった、と言われたいんだよ。俺が描くことの根本にあるものはそれだから』

『だけど、この漫画、例の事件に影響を与えたと言われていますが、それについてはどう思いますか？』

『そう言われても……。俺の手を離れたら作品は見る人のものだし、どんな風に感じるかまではわからない。逆に聞きたいよ。あなたもこれ読んだんだろ？』

『はい、一応』

『じゃあ、教えて。これ読んで、誰かを殺したくなった？　その辺の女の子捕まえて、切り刻みたくなった？』

『いえ、そんなことは……』

『じゃあ、どんなこと思ったの？』

『絵がリアル、とか……女性キャラが綺麗だな、とか』

『内容的にはどうだったの？』

『面白かったですよ。魔女とか秘密の儀式とか、現実離れした様式美というか、漫画ならではの荒唐無稽さで、物語がどう展開するか、わくわくしながら読みました』

『ありがとう。あなたはいい読者だ。だけど、そうじゃない人もいる。それだけ』

『でも、作品を発表することには、社会的責任があるでしょう？』

『そうかな。たとえば女物のハイヒールがあるとする。それに、セクシャルなものを感じる人もいる。あなたはどう？』

『僕は別にハイヒールにはなんとも』

『だよね。だけど、性的妄想は人それぞれだ。何からでも性的なものを連想する人もいる。そのすべてに配慮して作品を作るなんて、不可能だと思わない？』

『ええ、それはそうですけど……』

『俺は俺のイメージを漫画で表現したかった。様式美に彩(いろど)られた残酷。血と薔薇と少女の持つエロチシズム。モノクロなのに、その色彩が感じられるような画面を作りたかった。それだけ。それをどう受け取るかは、見る人が決めること。俺にはそれをコントロールする力はない』

　天神の言葉に迷いはない。漫画家ってこういうものなのか、と正和は息を呑む思いだ。自分の描きたいイメージ、それに対する揺るぎない想い。人に見せたい、それがモチベーションと言いながら、それを受け取る者への影響力については完全に否定する。自分自身の作品とは別物と言いきる。

　それはエゴと言えばエゴだけど、エゴのない自己表現などあるのだろうか。そもそも表現すること自体、エゴの塊だ。そのエゴの塊を商品化し、心地よい娯楽として消費することの方が、実は歪なことなのではないだろうか。

『では、死我羅鬼潔について、どう思われますか？　彼が起こした事件について、責任をお感じにはなりませんか？　彼のやったことについて、何か特別な思いとか共感することはありますか？』

『責任は感じない。俺の作品があろうがなかろうが、彼は人を殺したかったのだ。そして、それをセンセーショナルなものにするために、俺の作品を利用した。そのために、俺は自分の作品を中断せざるをえなかった。恨みこそすれ、共感なんて一ミリもない』

『では……彼の告白本は読まれますか？』

『まったく興味がない。半端な創作物など、読む価値はない』

その後は、漫画の内容の紹介や描いた当時の想いなどがしばらく語られ、二十分ほどでインタビューは終わった。観終わった正和は大きく息を吐く。

事件と作品は関係ない。作品は作品としてある。

天神の揺るぎない想いに圧倒された。天神は根っからの漫画家だ。あの事件がなければキャリアを中断されることもなかったし、ペンネームを変えることもなかった。やはり、彼も被害者なのだ。それでも恨みつらみに腐ることなく、絵柄を変えてまで漫画家であろうとする、そのパワーはどこから生まれるのだろう。漫画への愛、だろうか?

それにしても、版元の狙いとしては、告白本に繋がる話題作りだったはず。なのに、告白本を完全否定していたのは皮肉だ。K出版の久我はなんて思っただろう。

正和は二本目の缶ビールを開けた。なんだか笑いたいような気持ちだった。今日はビールが進みそうだ、と思った。

このインタビューは大きな話題になった。動画サイトにアップされたものは再生回数もあっという間に一万ビューを超え、五万、十万と増えていく。そしてネットの話題はコミックの発行よりも、天神我聞の現在のペンネームは何か、ということに集中した。現在では人気漫画家らしい、ということがネット民の好奇心を刺激したのだ。表舞台から消えたのが十七年前。その一、二年後にデビューした、いろんな漫画家の名前が挙がってきた。絵柄から推察してこの人に違いないとか、しゃべり方が似ているのはあの漫画家だとか。

そうして騒ぎは大きくなったが、この時期にこの漫画を出すことの意味、作家の責任といった肝心なことへの言及は、どこかへ飛んでしまった。

誰がシナリオを考えたのかは知らないが、ずいぶんとうまくことが回っている。コミックの売れ行きは順調だ。告白本も相変わらずよく動いている。取次から送られてくる大量のコミックを品出ししながら、正和は複雑な思いだった。天神我聞という漫画家には好意を持ったが、これが売れて死我羅鬼の件がまた話題になるのは嫌な気持ちだ。漫画家が誰かわかればいいのに。そうすれば、彼のいまのコミックだけをちゃんと展開するのに。

この件は、書店員たちの集うSNSでも話題になった。嫌悪を表す者も一人や二人ではない。その非難は漫画家個人よりも版元に向けられた。

「K出版の売らんかなの姿勢にはあきれるわ。出版の良心なんて欠片もない」

「今年の書店大賞がK出版というのも嫌な感じ。応援したくなくなる」

それが嵩じて「いっそ、今年の書店大賞の授賞式はボイコットしようか」という過激な意見も出たのだが、「受賞作家とこの件はまったく関係ない」という良識派の意見が、たちまちそれを駆逐した。例年通り式典を盛り上げようということに話は落ち着いた。

SNSの議論を眺めつつ、正和は自分の意見を書き込まなかった。こんな風に熱く語り合う気にはなれなかったのだ。

みんなわかっているのだ。評価したい本と批判すべき本が同じ版元から出されていること。その版元にも良心的な人はいる。だけど、売り上げ至上主義には抗えないことを。

書店の立場としては、勝手に取次から送られてきた本でも売り場に出さずに返品すれば、返品の手間や代金が掛かる。それくらいなら売り場に出して、少しでも利益を得た方が得であることも。

自分ひとりが反対したとしても、悪書が無くなることはない。売れると思えば出版社は出し続ける。求める読者がいるなら、それを届けるのが本屋の仕事。本の善し悪しを決めるのが本屋の本分ではないということ。自分の良心に背かないためには、せめて良書を目立たせる工夫をすることくらいだということ。

自分も、こうした悪書を売るのに協力している。いくらこの本に否定的でも、結局は自分も共犯者なのだ。

9

そんなある日のこと。レジで接客をしている正和の耳に、悲鳴にも似た声が届いた。

「お客さま、困ります！」

本橋の声だ。レジからは本棚の陰になって、見えないところにいるらしい。

しわがれた声がぶつぶつ何か返事をしている。

「店には店のやり方がありますので。商品を勝手に並び替えられては困ります」

本橋の声はよく通る。いつもへらへら笑っている本橋が、珍しく怒っているようだ。応援に行ってやりたいと思ったが、あいにくレジ前にお客が並んでいた。気になりながらも正和は接客を続ける。

「カバーお付けしますか？」

「お願いするわ。それから五千円の図書カードを二枚」

「カードは四種類ありますが、どの絵柄になさいますか？」

「そうねえ。どうしようかしら」

女性客は考え込んでいる。

「中学生の男の子だけど『ピーターラビット』じゃ、子どもっぽすぎるかしら？」

「そうですね。それくらいの年齢の方ですと、こちらの東山魁夷(ひがしやまかいい)の方がいいかもしれません」

「じゃあ『ピーターラビット』とそっちを一枚ずつ。別々に包装してね」

「かしこまりました」

こういう時に限って、手間の掛かる作業になるのは、お約束ってことだろうか。

「だから、そういうことは困ります」

本橋の声は続いている。カバー掛けをしながら正和は気が気ではない。

「だから、そっちがおかしいって言ってるだろ」

しわがれた男の声が聞こえる。注意をされて、逆に開き直ったのだろう。こうなると、たちが悪い。正和はレジ応援のチャイムを鳴らす。まもなくアルバイトの女性が奥から現れた。

「こちら、交代お願い。左のお客さま、五千円の図書カード二枚お買い上げ。代金はまだ」

「わかりました」

レジを離れると、急ぎ足で声の方に向かう。ノンフィクションの売り場の前に本橋と客はいた。客は六十代後半か七十代。常連なら顔を覚えているが、見掛けない顔だ。

「おかしいものを直して何が悪い」

売り場をさっと見て、口論の原因がわかった。男は中国や韓国を貶(おとし)めるような本や右翼的な思想の本、いわゆるヘイト本を、平台のほかの本の上に置き直しているのだ。

「こんな風に置かれると、売り場が混乱します。本の上に別の本は置かないでください」

「こういう真実が書かれた本こそ、目立つところに置かなきゃまずいだろ」

「こちらにはこちらの方針がありますから」

本橋の顔は強張っている。いつものヘラヘラした態度とは別人のようだ。

「だいたいこの店はおかしい。変な本ばかり目立たせて、大事な本は隅っこに追いやる。この店は左翼か？」

「左翼なんて関係ありません」

本橋が答えると、男は下卑た笑みを浮かべた。

「わかった。おまえ、中国人だな。それとも韓国人か？　だから連中に肩入れするんだろ。日本人じゃないな」

「俺が日本人だろうがなかろうが、あんたになんの関係がある」

本橋の声が裏返った。完全に怒っている。これ以上はまずい、と思った正和は前に進み出た。

「お客さま、何かお困りでしょうか？」

「あんた、何者？」

「当店の副店長の椎野と申します」

「副店長？　だったら、言っておくが、この店の並べ方はなっちゃいない。真実が書かれた本が、ほんのちょっとしかない。それでいて左翼の本ばかり真ん中に置いてある。こころある日本人なら、おかしいと思わないか？」

おまえの頭の方がおかしいだろ、と思うが、正和は微笑みながら答える。

「申し訳ございません。あいにく、こちらの本は売れておりますので。我々も慈善事業をしているわけではございません。売れる本を目立たせるのが商売というものでございます」

「いい本を目立たせて売るのも、本屋の仕事じゃないのか」

「はい、その通りでございます。ですから、いい本を目立たせております」

「目立ってないじゃないか」

案外鈍い男だ。おまえの薦める本はくだらない本だ、という皮肉がわからないのか、と正和は内心毒づく。

「目立たせております。そうお感じにならないのは、お客さまと当店の相性が残念ながら合わなかったのかと」

「なんだと」

「本屋はうちだけではございません。中には、お客さまのお好きな本を大きく展開する店もございましょう。そうしたお店にいらっしゃればいいのではないでしょうか」

「俺の忠告を無視するというのか。俺は客だぞ」

やれやれ、頭の悪い客ほど、二言目にはこうぬかす。おまえの店への貢献度はいくらだと思ってるんだ？　税抜き価格の二割しか本屋の利益はないんだぞ。週刊誌一冊ならせいぜい八十円。たった八十円で、こっちがへこへこしなきゃいけないと思ってるのか。

「いえ、まだお買い上げになっていらっしゃらないなら、正しくはお客さまとは言えないかと」

「なんだと」

「なんだと」がこれで二回目。反論された時のバリエーションが乏しいやつだな。正和は心の中でツッコミを入れる。

「それに、たとえお客さまだったとしても、勝手に商品の並べ替えをされるのは困ります。同じことを八百屋や魚屋でできますか？　店先の売り物を勝手に並べ替えられますか？」

「そりゃ食べ物は触れないさ」

「だったら、アパレルでやれますか？　こっちの服がいいからって、勝手にマネキンの服を取り替えたりできますか？」

「それは……」

「店にどんな商品を仕入れるか、どんな風に並べるかは売り上げに直結する問題です。ですから、我々はデータを調べ、顧客の嗜好を考えて売り場を決めております。好き嫌いで並べ方を決めているわけではございません。勝手に商品の場所を変えられては困ります」

男は言葉が出てこない。えてしてこういう男は反論されることに慣れていない。威張り散らして相手を抑圧することは得意だが、理論的な反論のやり方を知らないのだ。

「それとも、お客さまが当店の売り上げの責任を取っていただけますか？」

「そんなこと、できるわけないだろ」

正和はにやり、と笑った。

「その通りでございます。責任の取れないことには首を突っ込まないことです。お客さまのご忠告は承りました。参考にさせていただきます。でも、餅は餅屋と言いますように、本屋の売り場は本屋が決めます。どうぞ今日はこれでお引き取りください」

男は何か反論しようと、口をぱくぱくさせた。しかし、こういう頭の悪い男に、まともな反論ができるはずはない。

「覚えてろ。本社にクレームを入れてやる」

お決まりの捨て台詞を残して、男は去って行った。精一杯、肩をいからせながら。

「すみませんでした」

男が立ち去ると、本橋が謝った。顔色が青ざめているのだ。ショックを受けているのだ。

「災難だったな。ほんと、ああいう勘違い野郎が最近多いからなあ。あまり気にするな」

「はい、ありがとうございます。でも、大丈夫でしょうか、あの、クレームのこと」

「本部に何か言われたら、適当に答えておくよ。ただの面倒な客だ。本部だって真面目に相手はしない」

「そうだといいんですけど」

「本橋が気にすることはない。次からは、困ったと思ったら、すぐに俺か店長を呼べよ。ああいう手合いは、相手がバイトだと思うとなめてかかるから。……まあ、できれば店長の方がいいけどな」

「でも、店長だと謝るだけだし。椎野さんみたいに反論はしてくれない」

「店長は面倒を避けるには謝るのが得策、と思ってるからな。だけど、謝れば謝るだけ相手はつけあがる。だから、店には店のやり方があることを示した方がいい。気に入らないなら来なければいいだけなんだから。こっちだって客を選ぶ権利はあるんだ。人気のラーメン店や老舗の蕎麦屋なんか、みんなそんな態度だろ？」

もともとそういう客はたいして店に貢献していない。相手をするだけこちらのエネルギーが削られるし、時間ももったいない。出入り禁止にした方がはるかに楽だ。店長はことを荒立てるな、と言うが、そこまで卑屈になることはない、と正和は思っている。

「まったくです。あんな客、二度と来なければいい」

日頃はあまり感情を見せない本橋が、吐き捨てるように言う。

「こんなことをいちいち真に受けてたら、こっちの精神が持たないからな。あまり気にするな」

そう言って、正和は本橋の背中を励ますようにぽんぽん、と叩く。本橋は仕方なく口の端で笑ってみせたが、その拳は怒りを抑えきれないというように強く握られていた。

10

そして、書店大賞の日が来た。その日は早番のシフトだったので、仕事を済ませてから会場へと向かう。歩きながら、正和は胸の高鳴りを覚えた。今日は一年に一度、書店員でよかった、とこころから思う日だ。

自分たちでヒット作を生み出す瞬間に立ち会える。それに、全国にいる書店員の仲間と会える。著者はもちろん、各社の編集や営業に携わる数多くの人と交流ができる。本を媒介に、多くの人たちと繋がっている実感が持てるのだ。

子どもの頃から本は好きだったが、書店に特別関心があるわけではなかった。それが変わったのは、高校に入ってからだ。

逃れるように祖父母の家に移り住み、そこから電車で数駅のところにある高校に通った。だけど、友だちは作らなかった。いや、作れなかったのだ。かつて友人だと思っていた人間が、事件の後の誹謗中傷やいじめに加担していることを知って、深く傷ついた。だから、人と関わることが怖かった。

それに、自分があの事件に関わりがあったことを、誰にも知られたくなかった。事件からまだ半年も経っておらず、その記憶は人々の中に生々しく残っていた。何かの拍子に話題が出るのを恐れ、出身中学の名前を聞かれることさえ怖かった。

授業が終わると、高校近くの駅ビルの本屋に毎日通うようになった。孫が孤立しているのでは、と祖父母が心配するので、新聞部の活動をやっていると嘘を吐き（その高校には新聞部はなかった）、夕方まで帰宅できなかった。それで、どこかで時間潰しをする必要があったのだ。

　本屋は何時間いても追い出されることはない。ひとりでいても、奇異な目で見られることもない。金が無くても、ただ立ち読みするだけでも、嫌がられることはない。大衆の中のひとりに、難なくまぎれることができた。

　それは自分にとって救いになった。学校では誰かに何かを言われるのではないかとびくびくし、家では祖父母の不安そうなまなざしに気疲れする。その場所だけが、平穏な気持ちでいられた。そこで本を読んでいる間は、自分自身の鬱屈や灰色の日常を忘れることができた。誰にも邪魔されない、静かで孤独な時間だった。

　そんな日常に転機をもたらしたのも、その本屋だった。ある時、話題になっていた『アイの物語』というＳＦの単行本を立ち読みしていた。お小遣いで買うには高すぎたからだ。ストーリーに没頭していたのだろう、突然誰かに肩を叩かれて、ひどく驚き、読んでいた本を取り落とした。

「危ない」

　本が床に落ちる寸前、肩を叩いた相手がキャッチした。

「ダメじゃないか、売り物の本を落とすなんて」

　本をこちらに差し出しながらそう言ったのは、クラスメートの山城という男だった。ニキビ面で、黒縁の眼鏡を掛けていた。クラスでは自分同様、あまり存在感がない。一度も口をきいたことのない相手だ。

「でも、急に肩を叩いてきたのはそっちだろ」

「ああ、そうだったね。悪かったよ」

そう言って笑った顔は、嫌みがなく、意外と感じがよかった。

「ずいぶん分厚い本だね。いつもこんなの読んでるの？」

「え、ああ。山本弘（やまもとひろし）は前から好きだったし、『神は沈黙せず』を読んで、凄いと思ったから」

「そうか」

眼鏡の奥の山城の目がきらりと光ったように思えたのは、錯覚だろうか。

「椎野くん、きみは立派なＳＦファンだね」

「はあ？」

特にジャンルを意識して読んでいたわけではなかった。ネットで評判のいい本を適当に読んでいるだけだ。

「志が同じ人間がいて嬉しいよ。きみ、ぜひＳＦ研究会に入ってくれ」

それから山城はひとしきりＳＦへの想いを熱弁すると、強引にＳＦ研究会の溜まり場になっている図書準備室に自分を連れて行った。部員は男子ばかり六人。いずれも地味で、教室の端に座っているような連中だ。最初は警戒していたが、三十分もしないうちに打ち解けた。彼らは正和のプライベート、どこの中学出身とか、なぜ親と離れて暮らしているかといったことには一切興味を持っていなかった。どんな本を読んできたか、どの作家が好きか、何を面白いと思うか、興味があるのはそっちの方だ。好きな本のことを語り、好きな映画やアニメについての情報を交換しているうちに、正和は自分が笑っていることに気がついた。

あの事件以来、こんな風に自然に笑ったのは初めてだ。自分はいま、ひとに気を許している。

嬉しいような、意外なような、申し訳ないような、複雑な感情だった。

その日を境に、他人との交流が復活した。ＳＦ研究会に入会したことで、学校に居場所ができた。現実との折り合いをつけられるようになったのだ。

あの日、あの場所にいなかったら。

正和はいまでも時々思う。もしかしたら人間嫌いになって、秀和みたいに家に引きこもっていたかもしれない。自分は本と本屋に救われたのだ、と。

信濃町（しなのまち）の駅を降りた途端、正和は顔なじみの書店員の岸本達樹（きしもとたつき）に会った。

「やあ、ひさしぶり。去年のこの日以来ですね」

温かさが滲み出るようなその微笑みを見て、正和の気持ちも穏やかになる。岸本は一回り年上で、大手書店チェーンの中京地区のエリアマネジャー兼名古屋本店の店長。キャリアも年齢も社会人としての立場も正和よりずっと上だが、偉ぶったところはみじんもなく、つきあいやすい。岸本はこの日のために、わざわざ名古屋から上京して来たのだ。

「おひさしぶりです。お元気そうですね」

岸本は正和が尊敬している書店員のひとりだった。書店員としての見識があり、人文の棚の作りがうまいことでも定評がある。

「そうだ、見ましたよ、月曜日の朝刊。椎野さんのコメント、大きく出てましたね」

「いやぁ、お恥ずかしいです。岸本さんにそんな風に言われるのは。あんなに大きな広告とは思わなかったです」

ほかの店の書店員たちと交流できるのは、正和にはとても楽しい。この仕事は給料も安いし重労働だが、書店員同士の仲がいいのは取り柄だ。小売業で、同業他社の人間とこれほど仲良くしている職種が、ほかにあるだろうか。商売敵(がたき)としてお互い敬遠するのがふつうだろうに。

「そういえば、聞きました？　N社の工藤(くどう)さん、営業部長に昇進されたそうですね」

「それはめでたい。今日お会いしたら、お祝いを言わなきゃ」

雑談しながら、ふたりは書店大賞の会場の中へと入って行く。会場は満員だ。全国から書店員が集まるが、いちばん多いのは版元の営業マンだ。ここに来れば各地の名物書店員に会えるのだから、営業担当者にとってこんな効率のいいことはない。ノミネートされた作家や過去の受賞者も何人も来るので、それ目当ての編集者の姿も見える。あちこちで名刺交換会が開かれている。それもこの会の大事なセレモニーだった。

発表前なのでみんな知らないふりをしているが、既に大賞は決まっていて、関係者には告知が回っている。ここにいるメンバーだけではない、書店や出版関係者の多くが今年の結果を知っているが、発表までは公（おおやけ）にしない。正和も、発表があったらすぐ大賞受賞作を売り場で展開できるように、自分の店のバックヤードにＰＯＰやポスターを準備しておいた。今日の発表が終わるまでは表に出すな、と店のスタッフには伝えてある。

パーティ特有の高揚感と興奮があたりに満ちている。ハレの日にふさわしいおしゃれをして、みんなその時を待っている。その場にいるだけで、正和のこころも浮き立ってくる。グラス片手にいろんな人間と挨拶を交わす。何人かと名刺交換する。旧知の書店員たちと輪になって談笑していると、後ろから誰かに話し掛けられた。

「椎野さん、あの」

振り向くと、そこにはK出版の営業の深野がいた。

「ああ、こんばんは」

先日深野が営業に訪れた時、感情を爆発させてしまったので、正和はなんとなく居心地悪い。だが、正しく営業マンである深野は、そんな気まずさはおくびにも出さない。

「椎野さんにご紹介したいと思って。……うちのエース編集者の久我です。こちら、馬場のペガサス書房の文芸担当の椎野さん」

「初めまして、文芸一課の久我です」

名刺を出して自己紹介した男は正和の方を向いているが、斜視（しゃし）のきらいがあるのだろう、右目の視線が横を向いている。服装はデニムにアイロンの掛かっていない綿シャツ。パーティの席でもまるで気を遣っていない。

何より、ハレの日だという興奮がない。ひどくつまらなさそうな顔をしている。男のまわりだけ、醒（さ）めた空気が漂っているようだ。

「初めまして。椎野です」

こいつがあの死我羅鬼本の担当編集者か、と正和は思う。先日久我を紹介すると言ったことを、深野は律儀に覚えていたらしい。

「椎野さんは目利きで、今回の受賞作もいち早く仕掛けてくださったんです。書店業界でも有名な方ですから、久我くんも力を入れたい作品があれば椎野さんに相談するといいですよ」

深野が正和を持ち上げる。それを聞いて、久我の視線が正和に注がれる。初めて正和に興味を持ったようだ。

「そうですか。実はひとつ、仕掛けたい本があるんです。新人作家のデビュー作なんですが、絶対これは化ける、と思っているんです。好き嫌いはあると思いますが、たいへんな意欲作です。正直今回の受賞作より話題になる、と思うんですよ」

いきなり始まった久我の営業トークを、正和は営業スマイルを浮かべて聞いている。編集者が自分の担当する作品を推すのは当たり前のことなので、話半分で耳を傾けている。

「今回の新人賞の選考会は大揉め（おおも）。選考委員の意見がまっぷたつに割れましてね、大傑作と言う人もいたんですが、大御所の先生方が大反対されて大賞は逃しました。でもその事実が、これが凡作ではない、という証明だと思いませんか？」

男の見方はうがっている。だけど、みんながいいと言うそこそこの作品より、好き嫌いはっきり分かれるような作品の方が面白い、と思う久我の気持ちはわかる。

売れるとわかりきったものより、売れるかどうかわからないものを仕掛けてヒットさせる、そこにやりがいを見出すのは、自分も同じである。

「選考では、どの作家が反対されたのですか？」

「ここだけの話ですけどね」

　久我は著名な作家の名前を挙げた。文壇の重鎮（じゅうちん）と言えるような存在の作家だ。

「言っちゃあなんですけど、大御所の先生方はセンスがずれてるんじゃないですかね。この方は『これが大賞を受賞するなら、私は選考委員を降りる』とまでおっしゃったんですよ」

「へえ、確かにそれは問題作ですね」

「よければゲラをお送りしますので、読んでいただけませんか？」

　正和は自宅にあるゲラの山を思い浮かべた。ゲラというのは出版用語でいう校正刷りのことで、本来は印刷前に修正箇所がないか、版元がチェックするためのものだ。そのコピーを刊行前に書店員に配ることが、近頃では当たり前のことになっている。プルーフと言って校正刷りを本の状態に仮綴（かりと）じしたものを配ったり、ゲラをネットにアップして、希望する書店員が自由に読めるようにするやり方もある。出版社としては内容をいち早く書店員に知らせ、売り場で大きく仕掛けてもらったり、宣伝用のコメントをもらうためにこれらが有用なのだ。刊行されるすべての作品のゲラやプルーフが、すべての書店員に配られるわけではない。作られる数は多くないので、営業マンはその時会社が特に力を入れている一作か二作だけを、これと思った書店員に持って行く。正和は文芸担当の書店員として業界に名前が知られているので、各社合わせると相当な数が届く。加えて、懇意にしている編集者や著者本人から直接頼まれることもあるので、手元には常に未読のゲラやプルーフが山積みになっている。

「その……いつ読めるか、ちょっと自信ないんですが、それでよければ」

小説を読むのは好きだし、新しい作品にいち早く触れられるのも嬉しいと思うが、このところ気持ちが荒んでいるせいか、読書に集中できずにいた。

「はい、急ぎませんので、ぜひご協力お願いします。明日の朝一番でゲラを送らせていただきます」

急がないと言いつつ、久我はすぐにゲラを送るという。本音ではすぐに読んでほしい、と思っているのだ。

「そういえば、死我羅鬼本は久我さんのお仕事なんですね。最近出たコミックも」

「ええ、そうです」

誇らしげな口ぶりだ。批判も多いが、担当である久我には屈託などまるでなさそうだ。

「久我さんは死我羅鬼本人に会ったんですか？　どんな人物でしたか？」

「もちろん。ふつうの若者でしたよ。服装も地味だし、おとなしそうだし。あの死我羅潔っていうんで、内心びびってたんですけどね、拍子抜けしましたよ。でもまあ、そういうやつほど、腹の中では何を考えているのかわからない、というものかもしれませんが」

久我は自慢げに、聞かれていないことまでべらべらしゃべる。正和はさらに質問を続ける。

「本の売り方もみごとでしたね。事前情報がまったくないところにいきなり店に現物が送られてきたので、こっちもびっくりしましたよ。緘口令を敷くのは大変だったんじゃないですか？」

「ええまあ。どれだけシークレットにしようとしても、たいていばらすやつがいるでしょ？　情報が漏れないようにするために、そりゃ苦労しました。敵を欺くにはまず味方からってことで、営業にも当日まで知らせませんでしたし」

横で聞いている深野が、複雑な顔をしている。営業にとっては迷惑千万なことを、手柄話のように語っている。温厚な深野といえど、内心不愉快だろう。

「営業部も大変でしたね。問い合わせが殺到したんじゃないですか？」

「はい、その対応だけで、初日は仕事になりませんでした」

「結果売れたからいいじゃない」

深野の訴えを、久我はひと言で片付ける。

「確かによく売れましたね。さすがにもう勢いは落ちてきましたけど、うちの書店でもいまのところ今年最大のヒットです。もっとも、御社の書店大賞の受賞作がそれを上回るかもしれませんが」

「なに、これからですよ。まだまだ仕掛けを考えていますから」

ピークは過ぎたと言われたことにカチンときたのか、久我は言い返す。

「仕掛けってどんなことを？」

「おっと、しゃべり過ぎました。もうすぐわかりますから、それまで楽しみにしてください。まだ返本はしないでくださいよ。それから例のゲラの件、よろしく頼みます」

早口にいろいろ注文をつけると、久我は人混みの中に消えて行った。深野と正和がその場に残される。

「深野さんは、その仕掛けってご存知なんですか？」

「いえ、もうあんな調子で、内部にも全然知らされてないんですよ。また、その仕掛けとやらが発動したら、我々営業の人間が振り回されるんでしょうけどね」

深野が愚痴っていると、司会が壇上に現れ、開会宣言をした。それまで賑やかだった会場がだんだん鎮まっていく。正和たちもしゃべるのをやめ、壇上に注目した。

「みなさんお待たせしました。いよいよ今年度の書店大賞の発表です」

司会の言葉と共に、壇上の飾り台を覆っている布が、さっと外された。大賞を受賞した本を取り巻くように、書店員の作った応援POPが飾られている。

「書店大賞は、牧野裕一さんの『優しい殺人者の黄昏』に決まりました！」

大きな拍手とカメラのフラッシュを浴びながら、牧野が登場する。半年ほど前、この本が出版された直後にも、牧野は正和の店に挨拶に来た。その時といまでは牧野の印象が大きく変わった。その時は地味で、ただ生真面目な印象だったのだが、いまは自信に満ちたオーラが感じられる。作品が売れていること、そして書店大賞の受賞が、彼に大きな自信を与えたのだろう。

いまこの瞬間、出版業界の新しいスターが誕生した。

そこに立ち会えた感激と興奮が会場中に満ちている。正和自身も、それにわずかながら力を貸したという喜びに胸が高鳴った。

トロフィーと記念品が渡される。そして、牧野の受賞の言葉が語られる。

「この賞は僕が作家として出発した時から、大きな目標となっていました。読者にいちばん近いところにいる書店員のみなさん、そのみなさんに選ばれる賞だからです。その目標を今日達成できて、ほんとうに嬉しいです。僕に投票してくださったみなさん、ありがとうございました」

牧野は深々とお辞儀をした。拍手が低く垂れたその頭に降り注ぐ。そして、再び頭を上げると、牧野の顔が引き締まった。

「昨今の書店の状況には非常に厳しいものがあります。本が売れない、そのためにヘイト本や犯罪者の本などが店頭を賑わしています。いま現在の今年最大のヒットは、みなさんご存知でしょう、あのノンフィクションです」

場内がざわついた。牧野が、自分の著作と同じ版元が出した本に対しての批判をしようとしていることに、参加者たちが気づいたのだ。

「あれは話題性に富んでいます。かつて社会を騒然とさせた少年犯罪者が、十七年後のいま何を思うか、それを知りたい人が大勢いる、というのも当然でしょう。現実に起こったことに題材をとったものは、インパクトが強い。それが作品として出来がいいか悪いかは別にして」

場内のざわめきはさらに大きくなった。正和は思わず場内を見回し、版元のK出版の社長の姿を探した。壇のすぐ脇の目立つところにいる彼は、憮然（ぶぜん）とした顔をしている。

ざわめきが続くので牧野はしゃべれない。マイクの前でじっとしている。それに気づいた観衆が、少しずつ静かになっていく。ざわめきが収まるのを待って、牧野はスピーチを続けた。

「ですが、もしあれが今年いちばんのヒットとなるのであれば、それはフィクションの敗北です」

思いがけない牧野の言葉に、今度は会場中がしんとなった。

「現実は必ずしも美しくはない。悲惨で残酷かもしれない。それを美しいものに変えることができるとすれば、それは人間の夢を描く力。よりよき未来を切り拓こうとする意志の力にほかなりません。僕はそういうものを作品で描きたい」

牧野の声はよく通る。会場の後ろの方にいる正和にも、その声ははっきり聞こえている。

「フィクションを書くことは祈りを捧げることに似ている、と僕は思います。世界が少しでもよくなってほしい。作品が、よりよきものに光を与える存在であってほしい。その祈りこそ、フィクションがフィクションである意味を成すのです。今回多くの書店員の方々が僕の作品を推してくださったのは、そういう祈りに共鳴してくださったからだと思っています」

ここで言葉を止め、牧野は視線を会場の端から端へと走らせた。

「どうぞ、この祈りがより多くの読者に届くよう、さらに力をお貸しください。今年を代表する一冊にこの本がなりますように、どうぞよろしくお願いします」

牧野が再び頭を下げると、先ほどよりさらに大きな拍手が彼を包んだ。

みごとな挨拶だ。正和も拍手をしながら感服していた。版元の批判になるかと思いきや、絶妙な匙加減でそれを止め、フィクションを書く意味を語り、最後は自作のPRで締めている。短いが秀逸だ。K出版の社長も苦笑を浮かべながら、両手を顔のあたりまで上げて、ぱんぱんと拍手をしている。彼を取り巻くようにずらりと並んだK出版の編集者や営業マンたちも、一様にほっとした表情を浮かべて拍手していた。

その中でただひとり、拍手しない男がいた。告白本の担当の久我だ。久我は不愉快そうな表情を浮かべ、そっと人の輪から遠ざかった。そして、ひとり会場を後にするのを、正和は人垣の中から目で追っていた。

久我の言った仕掛け、というのは一週間も経たないうちに発覚した。

あの、死我羅鬼自身がネットに出て語る、というニュースが、SNSを駆け巡ったのである。

それを知った時、正和は思わず「馬鹿な」とつぶやいた。創は殺人者である過去を隠して生きるつもりではないのか。身元が判明するリスクを冒しても、宣伝をしたいというのか。

仕事から帰宅してパソコンを開き、最初に飛び込んできたのがこのニュースだった。ほかのニュースサイトも検索してより詳しい情報を探したが、発表する日時と、どこのサイトか以上の情報は出てこない。

漫画家の天神我門がネットのインタビューで株を上げた。それと同じことを狙っているのだろうか。ネット民を自分の味方につけようと思っているのだろうか。巻き込まれただけの天神と、実際に犯罪を犯した死我羅鬼では、世間の見方も全然違うというのに。

パソコンの前で呆然としていると、スマホが鳴った。発信者はつぐみだった。

「もしもし」

「椎野くん？　あの、知ってる？　ネットで騒ぎになってること」

「創がネットでインタビューに答えるっていうんだろ？」

「うん、いまネットで知った。ほんとにやるんかな？」

「たぶんね。顔出しはしないし、声も変えてるだろうけど」

おそらく天神と同じように、個人が誰か特定できないように変装するだろう。

「椎野くんは観る？」

「そのつもり。これが生身の創を見る最後のチャンスかもしれないし」

本の宣伝期間が終われば、創はまた顔のない大衆の一員となって、表舞台に出ることはないだろう、と正和は思っている。

「そうね、やっぱり私も観た方がいいかな？」

「どっちでもいいと思うよ。苦しくなるなら、観ない方がいいと思うし」

「うん。その時になってみないと、わからないかも。意外と平気かもしれないし」

「俺は必ず観るから、観終わったら連絡するよ」

「うん。感想、教えて。椎野くんがどう思ったか、ぜひ知りたいから」

そうして電話を切った。チョコレートを食べた後の口の中のように、つぐみの言葉は頭の中に甘く広がっていく。創を口実に、つぐみとの関わりが続いていく。創に関わることは嫌なことばかりだと思っていたけど、初めていいことがあった。正和がふんわりした気持ちでいると、突然、

『うまいことやりやがって』

創の声が耳元で聞こえたような気がした。その瞬間、何か禍々(まがまが)しいことを思い出しそうな、嫌な気持ちになった。その声の生々しさを振り切るように、正和は頭を何度も何度も振っていた。

11

その映像は突然、始まった。

『死我羅鬼潔との会話』

黒い画面いっぱいに、白文字のテロップが出る。そして、場面が変わって、薄暗い部屋に男がひとり映し出される。顔はスパイダーマンのマスクを被り、パイプ椅子に座っている。前屈みになり、両手の指を膝の上で組んでいた。

観ていた正和はドキッとした。教室のいちばん後ろの席で、背中を丸めて座っていた創の姿を思い出す。身長の伸びに体重が追いつかないというような、ひょろっとして手足の長さばかり目立つあの体格。

画面上の男は、記憶の中のそれより背が高く、どちらかというと創の父親を思わせた。社交的で気の強い奥さんに遠慮するように、いつも前屈みで歩いていたあの姿。成長した創の体つきは父親そっくりだ。懐かしいような、泣きたいような、わけのわからない感情が正和の内側にどっと湧いてきて、胸が苦しくなる。

画面が切り替わってテロップが映る。

『あなたが、本を書いた理由を教えてください』

「存在証明。俺はここにおるっていう」

男の声はボイスチェンジャーで加工されている。

「俺がやったこと、俺が考えたことを記録しときたかった」

訥々と、かみしめるように言葉を口にする。共通語でしゃべろうとしているが、微かに名古屋訛りがある。正和は創のしゃべり方を思い出そうとした。あの頃はもっときつい名古屋弁をしゃべっていたっけ。

「もちろんお金のこともある。だけど、それはいちばん大きな理由とは違う」

『なぜ、記録に残したかったんですか？』

テロップで質問が映る。質問者の声はしない。

「あの事件について、多くの人がいろんなことを言った。いろんな本も出た。いい加減なこともたくさん書かれた。このままだと、嘘がほんとのこととして残ってしまう。だから、俺が真実を語らなければ、と思ったんだ。真実を語れるのは俺だけだから」

ああ、創らしい言い草だ。どこか漫画っぽく、つまらないことでも自分がヒーローのように語りたがった。

そう、話題の中心になりたがったのだ。

『被害者の遺族の方には、申し訳ないと思わなかったのですか？』

「つらいことを思い出させてしまったとしたら、悪かったと思う。だけど、彼らも心の底では真実を知りたいと願っとるはずだ。真実を語ることが、自分なりの誠意だと思う」

カメラが寄って、手を映した。指が長く、骨ばった手。爪の形はどうなんだろう、と目を凝らしたが、確認する前に画面は切り替わった。

『あなたの罪は償えたと思いますか?』

「この十七年、ずっと俺は罰を受け続けてきた。自分の名前を失い、家族とも引き離された。それでも、亡くなった方は帰って来ない。罰を受けても、被害者の方に償うことにはならない」

『では、どうやって罪を償うつもりですか?』

「罪を償うってどういうことなのか、ずっと考えてきた。お金を払えばいいかというと、それは違う。お金を支払ったり、刑務所に入るというのは、贖罪ではなく、懲罰だ。法律では罰は決められても、どうすれば贖罪できるのかは決められていない。贖罪はこころの問題だから、誰かがこうすればいい、と指図することはできん」

かつての創は、こんなこと、考えもしなかっただろう。医療少年院での指導で、やはり変わったのだろうか。

「結局、事件を忘れないで、ずっと反省し続けることが贖罪だと思う。俺は毎日、被害者の冥福を祈っている。本を書いたことで、あの事件を最初から振り返り、総括した。時々書いててつらくなることもあった。だけど、それから逃げないことが俺の義務だと思った」

『こういうかたちで本を出したのはよかったと思いますか？』

「多くの人が読んでくれたのだから、出したのはよかったんだと思う。もし、ダメな本なら、抹殺されたと思うから。社会がこの本を求めていたのだとわかった。よかったかどうかは、俺が決めることじゃない。社会が決めることだから」

そうして、いきなり画面がブラックアウトした。

これで終わりだと正和が気づくのに、数秒掛かった。同様に、これを観ていた連中がＳＮＳで、「たったこれだけか？」と騒いでいる。死我羅鬼の身勝手さについても、いろいろ言及している。

だが、プロモーションとしたら、これで十分なのだ。死我羅鬼潔の映像が出た、それだけで話題性はあるし、いろんなところで取り上げられるだろうから。

テレビではなんと言ってるだろう。アパートの自室にいた正和は、リモコンを操作してニュースをつけてみる。しかし、いきなり飛び込んできたのは、火災の映像だった。炎の上がるビルの前で、レポーターが深刻そうな顔で被害状況を告げている。『新大久保（しんおおくぼ）の雑居ビルで火事。七名が犠牲に』とテロップが出ている。原因は放火とみられ、まだ炎は消し止められていない。犠牲者はさらに増えそうだ、とレポーターは語っている。

新大久保は職場の隣駅なので、正和にも土地勘はある。燃えているビルにも、なんとなく見覚えがある。こんな大きな火災が起きて犠牲者はどこまで増えるだろう、と心配しつつ、どこかほっとしている自分もいる。おそらく明日のワイドショーでも、こちらのニュースがメインになり、死我羅鬼のことに費やす時間は少なくなるだろう。

そこに安堵する自分が後ろめたくて、正和はテレビを消した。そして、デイパックの中からスマホを取り出すと、登録してあるつぐみの電話を呼び出す。二回コールされると、すぐにつぐみが出た。

「……椎野くん？」

「夜分ごめん。映像観た」

「私も。どうして、あんな映像流したんだろう。観てて悲しくなった」

「宣伝だよ。たぶん、出版社の人間が仕掛けたんじゃないかな。そうすれば、本がまた話題になって売れるから」

「ほんとに？　売れれば何をやってもいいってこと？」

「あの本の担当編集者は、そう思ってるみたいだよ」

「信じられない。あのひどいコメント、紗耶香のご両親が観たら、どれだけ傷つくか。贖罪なんて不可能だ、と言ってるようなものだし。あんなの、流すべきじゃなかったよ」

「俺もそう思う。創の本音かもしれないが、被害者に対して配慮がまったくない。……もっとも、そんな配慮できるんなら、最初から事件は起こさなかっただろうし、本だって出さなかっただろう。宣伝になるから、とあれを許した版元の方が罪深いと思う」

正和がそう思ったのは、書店大賞で担当編集者に会ったことが大きかった。あの男なら、本を売るためなら、法に触れない限り何をやってもいい、と思うだろう。今日のネット配信にも絡んでないはずはないが、非難は創本人に集中する。もちろん創にも非はあるが、久我が創の後ろに隠れて何も非難をされない、というのも腹立たしかった。

「ああ、そうよね、ひとりじゃあんなことやろうと思ってもできんし。協力者がいるはずよね」

つぐみは深い溜め息を吐いた。

「なんでそんなことするのかな。ちょっとばかりのお金のために、モラルとか被害者に対する配慮とか、そういうものを踏みにじっても平気なのかな」

　つぐみはやっぱり優しい。正和が返事をしようとした時、玄関のチャイムが鳴った。

「あ、ごめん。誰か来たみたい」

「そう。じゃあ、もう切るね」

「あ、俺、来週また親父の一周忌で帰省するんだ。帰ったら、また連絡するよ」

「うん、待ってる」

　つぐみの最後の言葉が嬉しくて、正和はつい警戒を怠った。チャイムが再び鳴る。苛立ったような呼び鈴に応えるために、ドアスコープで相手を確認せず、いきなりドアを開けた。そして、それをすぐに後悔した。

「よお」

　そこでにやにやしながら立っていたのは、雑誌記者の青木だった。

「ちょっと聞きたいことがある。中に入れてくれ」

　その言葉を無視して、正和はすぐにドアを閉めようとしたが、青木がドアと壁の隙間に自分の身体を割り込ませた。閉めようとドアを引く正和と、そうさせまいとして、腕と身体でドアをこじ開けようとする青木。顔が思いのほか近づいた。仕方なく、正和は腕の力を抜いた。その一瞬で青木が玄関に入り込んだ。玄関といっても、そこはキッチンの床の一部を四角く区切っただけで、段差がほとんどない、靴が四足も並べばいっぱいになるような狭い三和土だ。

「なんの用だ？　どうやって俺の自宅を調べた？」

すぐ横にあるキッチンのシンクに左手を掛け、右手は壁につける。通せんぼするような格好で正和は尋ねた。これ以上中には入れない、という意思表示だ。

「それは企業秘密。それより、あれ観たんだろ？　感想を聞きたいんだ」

「なんでそんなことを聞く？　俺の感想なんて、どうでもいいじゃないか」

「まあ、それが俺の仕事なもんで」

そうして、持っていた大きな黒い鞄の中から週刊誌を正和に手渡した。青木が記者をしている『週刊トレンド』の最新号だ。

「なんだ、これ？」

ごちゃごちゃと表紙に書かれた文章の中から『死我羅鬼潔　十七年目の復活』というタイトルが目に飛び込んできた。

「また連載を始めたんだ。あいつのその後の人生を記事にしている」

やっぱりそうか、と正和は舌打ちをする。そうでなければ計算高いこの男が、自分につきまとうはずがない。

「それがどうした。俺には関係ない」

「まあ、そう言わないで。もし、きみの言ったことを書くとしても、きみの過去やいまの仕事や住処がわかるようなことは、書かないと思うから」

正和には、青木の言葉が脅しのように聞こえた。その気になれば、青木はまた正和のことを記事にし、プライバシーを踏みにじることができるのだ。

「当然だ。もし、今度俺のことを記事にしたら、個人情報漏洩で訴えてやる」

「まあまあ、そんないきり立つなって。仲良くやろうじゃないの、ねえ」

青木は猫なで声で正和を懐柔しようとしている。まるで子ども扱いだ。

「うるさい。さっさと帰らないと不法侵入で警察に通報するぞ」

「じゃあ、ひとつだけ質問させてくれ。今日の映像、本物だったと思う？」

「そりゃ本人だろ。顔はわからなかったけど、あの体型は親父さんそっくりだ。創は父親似だったから」

「そうだったね。あの親父さん、三年前に脳卒中で亡くなったらしいが」

「本当に？」

「突然倒れて、あっけなく逝ったそうだ。葬式は身内だけでひっそり行ったんだが、長男は顔も出さなかったらしい」

「そんなことまで知っているんなら、俺なんかより創の母親か弟に聞けばいいじゃないか。俺よりもっといい話が聞けるだろうよ」

「聞くまでもなくノーコメントさ。『そっとしておいてください』と言うだけだ。あの一家はもう事件のことは一切しゃべらない、と決めている。もっとも、母親の方はそろそろ認知症も入ってきたらしいから、聞いてもまともにしゃべってくれるかは怪しいけどな」

「そりゃ、むしろ救いだね。思い出したくないことばかりだろうし」

社交的でおせっかいな母親、あまり存在感のない父親。やんちゃな二人の息子たち。どこにでもいるような四人家族だった。うちよりも喧嘩は多かったけど、ひどい折檻（せっかん）があったわけじゃない。おばさんはよく怒鳴っていたけど、怒ってもすぐにけろりとして笑っていた。ちょっとガサツなところはあったけど、明るい人だった。

あのおしゃべりなおばさんが認知症なのか。まだそんな年でもないだろうに。

「そうは言っても、人殺しを育てた家族だ。認知症だろうがなんだろうが、いままた息子が世間を騒がせていることについて謝罪があってしかるべきだと、世間は思うだろうよ」

人殺しを育てた家族。その称号は一生ついて回る。だけど、彼らはそんなに悪い家族だっただろうか？　人殺しになれ、って育てたはずはない。創は変わったやつだったけど、あんな事件を起こすなんて誰が想像できただろう？

殺人者の家族というレッテルを貼って彼らの過去を想像することと、幼なじみの家族として過去を振り返る俺とでは見方が全然違う。俺が彼ら家族を記憶から切り捨てられないのは、俺自身の過去と深く関わっているからだ。彼らを否定することは、俺自身の過去を否定することに等しい。少なくとも創以外の三人は、みな俺たちに優しかった。嫌な思いをさせられたことはなかった。事件が起こるまでは。

だが、そんな複雑な感情は、目の前の青木には伝わらないだろう。まして、記事を通じてしか事件を知らない連中、無責任な読者には。

「そんなことよりあの映像、いつ撮られたんだと思う?」

青木が急に話題を変えた。

「いつって? あれは生中継じゃないのか?」

「たぶん違う。編集の久我は会社にいた。もし、どこかで撮っていたなら、久我も立ち会うはずだ」

「なんでそんなことを知ってる?」

「さっき編集部に電話して、在席していることを確かめたからな」

「録画でも、別に問題ないだろう?」

考えてみれば、生中継はいろいろとリスクが高い。事前に録画したものを流したとしても不自然ではない。むしろ当然のことだろう。

「ちょっと気になるんだ。創の足取りがつかめない。この何ヶ月か、やつの姿を見た者はいない」

「そりゃ、この騒ぎだ。目立たないようにおとなしくしてるんだろ」

「ほんとにそう思うか？　あいつだったら、ここぞとばかりにマスコミにべらべらしゃべるんじゃないか？　俺の知ってる死我羅鬼潔っていうのは、そういう目立ちたがり屋だった」

事件を起こした後、犯人は新聞社にメッセージを送った。自分のやったことを誇示し、警察の無能をあざ笑うような内容だった。マスコミはこぞって劇場型犯罪だと指摘し、犯人は自己顕示欲の強い、目立ちたがりの人間だと分析した。

「あれから時間も経ってるし、創も昔のままじゃない。少しは慎むことを覚えたんだろうよ」

「そんな理性があったら、あんな本は書かない。それに、あの映像はどうもやつらしくない」

「らしくない？　本人じゃないと言うのか？」

「そうじゃない。見た目は本人だけど、言ってることがやつらしくない」

「見た目って……最近のやつの姿を知ってるのか？」

「もちろんだ。医療少年院を退所した後、ずっと追っかけてたからな。去年の春頃までは住んでた場所もつかんでいた。でも、その頃までだ。気づいたら、やつはそこを引っ越していた。その後は、どうやっても足取りがつかめない。少なくとも、やつは出版すると決めてから、それまで世話になっていた保護司や医療少年院の関係者とも一切連絡を取らなくなった」

「そりゃそうさ。まともな人間なら、出版には反対しただろうし」

「連絡を断った、というのはやつらしいんだが……。その後どこにどうやって潜んでいるのか。家族との接触もないようだし」

「俺なんかじゃなく、編集の久我って人に聞けばいいだろ」

「久我自身も、知っているかどうか。やつは転々としてるし、メールのやり取りだけで本を作ったそうだから」

「そんなこと可能なのか？」

「最近じゃ、メールで事足りるからな。編集者と作家が一度も会わずに本を作るってのも、取り立てて珍しいことじゃない」

「そうなんだ」

　軽い失望のような気持ちを正和は覚えた。本を作ることはただの事務作業ではなく、もっと神聖なことのように思っていたのだ。作家と編集者のやり取りは秘中の秘。部外者に簡単に伝授されるものではない、というような。

本が好きだから、本を作る編集という仕事へのあこがれが自分は強いのだろう。だから、メールのやり取りだけで片がつくような事務的なもの、とは思いたくなかったのだ。

「これまでは、やつの足取りを追うのは決して難しくなかった。やつは意外と粗忽(そこつ)なところがあって、行く先々で痕跡を残していた。何人かには必ず新しい住所を伝えていたし。だけど、この一年に関しては、まるで手掛かりなし。お手上げだ」

「そう言われても、俺は何にも知らない」

知りたくもない。金輪際(こんりんざい)創と関わるつもりもない、と正和は決めている。

「そうみたいだな。きみのまわりに出没した様子はない」

それを聞いて、頭に血が上った。

「やっぱり、俺の身辺を嗅(か)ぎまわっていたのか？」

「すまんな。きみだけじゃない、やつが頼りそうな人間にはみんな網を張っていた」

「俺には関係ない！　この十七年、創と接触したことはないし、しようと思ったこともない。俺がどれだけ迷惑を被(こうむ)ったか。やつが事件を起こさなかったら俺は」

地元を離れることもなかったろうし、就職も別のところに進んだだろう、そう言い掛けて口をつぐんだ。

『きみは死我羅鬼事件と関わりがあったの?』

最初に受けた就活の面接で、面接官に聞かれたのだ。ネットに名前が残っている、と。正和のこころはそれで折れた。まだ事件から六年しか経ってない頃だ。みんなの記憶にも生々しく残っている。事件が俺を忘れない。忘れてくれない。

それで、面接を受けるのが怖くなった。採用側がネットで就活生の名前を検索するのはよくあることだろう。事件のことを知らない人間に、あれこれ詮索されるのがつらかった。それで就活をあきらめ、バイト先の店長に勧められるままに、フルタイムで働くことにしたのだ。それがいまの職場だった。

「とにかく、俺には関係ない。これ以上、俺につきまとうなら、次は本当に警察を呼ぶ」

「わかったよ。ほかにも取材のあてはあるからな。明日会う相手から、情報が入りそうだし。だけど、何か気がついたことがあったら連絡をくれ。名刺渡しただろ?」

「そんなもん、どっかへ行ってしまった」

そう言えば、前に会った時に、強引に名刺を押し付けられたっけ。あれはどこにやっただろう？　みつけたら引き裂いて、ゴミ箱に捨ててやる。

「だったら、編集部でもいい。伝言を残してくれれば、こちらからまた連絡する」

そうして青木は口の右端だけを上げてにやっと笑った。笑顔まで歪んでいる、と正和は思った。青木はそれ以上語ることなく、そのまま風のように立ち去った。

空気が淀んだ気がして、正和は窓をいっぱいに開いた。狭い庭に面した窓から、早春の冷たい空気が流れ込んでくる。その冷たさが清涼の証だ。ぴりっと張りつめた冷たさの中に、微かに梅の花の匂いがして、ひりひりしたこころがわずかに慰められた。

12

『ついにSNSに現れた死我羅鬼潔！』

だが、意外なほどそのニュースは話題にならなかった。世間の関心は同じ日に起こった新大久保の放火事件の方に向いている。死者十二名、重傷者四名という被害の大きさもさることながら、放火された場所も注目を浴びた。それは、大久保通りに面した雑居ビルの二階と三階にあるおしゃれなカフェ、店員に韓国人美青年を集めていることで知られる、いわゆるイケメンカフェだ。カフェ閉店間際に突然、覆面をした男が二階の入口に現れ、その場に灯油を撒いた。止めようとした店員を突き飛ばし、火のついた紙のようなものを投げて逃走した。火はあっという間に燃え広がった。異変を察して二階の窓から飛び降りた客や店員は助かったが、消火しようとした店長や店員、それに三階に残っていた客や店員の何人かは犠牲になった。さらに、この雑居ビルが消火設備を整えていなかったため、すぐに火や煙が上階に燃え広がり、四階、五階のテナントにはさらに被害が及んだ。

ここまでの経緯だけでもたいへんな騒ぎだが、さらに意外な事実が判明した。四階のテナントがイケメンカフェの運営会社の事務所であることはすぐに発表されたが、五階のテナントが何なのか、公式発表がなされなかった。だが、すぐにマスコミはそこがひとつのテナントではなく、いくつもの会社が登記をしている疑惑の場所であることを突き止めた。さらに複数の登記会社のうちの一社は、ある公共事業を独占的に請け負っている会社であることがわかったのだ。つまり、その会社は実体のない、脱税目的のトンネル会社である可性が高い。

そこまで判明すると、マスコミはお祭り騒ぎだ。何しろネタは豊富だ。なぜ被害がここまで大きくなったか、という防災上の問題から、犠牲になった韓国のイケメンたちの経歴やファンの嘆き、新大久保ドルと言われる地下アイドルの実態、そして、件の公共事業に絡む利権の問題などなど、社会、芸能、政治と多分野に跨る報道となった。

　そんな派手派手しいニュースの前には、十七年前の殺人鬼の告白本の話題など、あっという間に消し飛んだ。覆面を被ってしょぼくれた姿を晒したところで、さほど印象に残らなかったのだ。死我羅鬼のSNSでの登場に合わせて版元は重版を掛けたのだが、それも空振りに終わりそうだ。既に売れ行きの伸びは止まっている。このままでいけば、近いうちに告白本は話題書の棚からノンフィクションの棚に移すことになりそうだ。その事実に正和はほっとしている。

　一方で、正和の勤めている店は新大久保にも近いので、火災事件以来、韓国関係の本の動きがいい。韓国系アイドルやK－POPの本、韓国の歴史、嫌韓の本などなど、韓国を題材に取ったものはどれも軒並み売れ行きを伸ばしている。

「韓国アイドルの本が売れるのはわかるけど、嫌韓本の売れ行きも伸びているのはなぜだろう？」

　品出ししながら、正和がふと疑問を口にする。傍にいた本橋が答える。

「そりゃ、当然ですよ。目立つものには反発がある。火災の犠牲者ということで、韓国アイドルのことをマスコミは持ち上げたでしょ。死人を悪く言うわけにもいきませんしね。それを気に入らない人たちが、いまの日本には一定数いるんですよ。もともと韓流ブームが起こった時、日本の女性が韓国人に夢中になっているという嫉妬から、嫌韓に走った人も少なくないですから」

いつになく本橋はとげとげしい口調だ。

「なるほどなあ、嫉妬が原因か」

「これが、たとえばジョニー・デップのような欧米人に対してだったらなんとも思わないのに、韓国人に日本女性が夢中になっていると思うと、腹が立つんですよ。ある種の日本人は、韓国が日本より下だと思っていますからね」

「おまえ、鋭いな」

正和はつい感嘆の言葉が出たが、本橋は言い過ぎた、というように顔をしかめ、それ以上何も言わなかった。


その翌週の週末、正和は父の一周忌の法要のため、有給を取って帰省することにした。いつもと違って今回の帰省はこころが弾んだ。つぐみとまた会えるからだ。つぐみに連絡を取り、待ち合わせ場所を決めると、その日が待ち遠しかった。

ごくわずかの親戚を自宅に呼んで一周忌の法要を済ませると、その晩、つぐみと地下鉄の駅近くにあるイタリアンのレストランで落ち合った。翌日には東京に戻るので、その日だけがゆっくりできるチャンスだった。つぐみの指定したのはこの界隈(かいわい)には珍しい、窯(かま)で焼くピザが売りの本格的なイタリアンの店で、平日にもかかわらず店は満席だった。あらかじめ予約していたので、すぐに正和は席に案内された。時間より五分早く来たのだが、つぐみはもう席に着いていた。眼鏡を掛けてメニューをのぞき込んでいる。

「ごめん。待たせた？」

「ううん。私もいま来たところ」

「今日は眼鏡なんだね」

　黒縁の、クラシックな感じの眼鏡が、つぐみの顔立ちに似合っている。もともと持っている知的な面が強調されているが、色白で柔らかな顔立ちなので、きつくなりすぎることはない。眼鏡美人という言葉がふさわしい。

「いつもはコンタクトなんだけど、花粉症だからいまの季節はつらくって」

「眼鏡もいいと思う。すごく似合ってるよ」

　照れ屋の正和としては、精一杯の誉め言葉だ。つぐみは「ありがとう」と微笑む。それからワインと料理を何品か注文して、しばらくは他愛もない雑談をして過ごした。暗黙のうちに、まずはこの場を楽しもうという気持ちがお互い働いたのだろう。昔の話はせずいまの職場の話、興味のある本のことなどを話題にした。最近読んで感動した本としてつぐみが『優しい殺人者の黄昏』を挙げたので、正和は書店大賞の時の作者のスピーチの話をした。そうして、屈託なく笑っている自分に気がついて、正和は驚いた。

つぐみといると、ここのところ張りつめていたものが、ゆっくり溶けていくようだ。こんな穏やかな気持ちになったのは、いつ以来だろう？

しかし、そんな時間も長くは続かなかった。食事が終わって、最後に珈琲が運ばれてくる頃、つぐみが本を取り出した。

「結局、これ読んだ」

真っ黒な装丁の禍々(まがまが)しい本、創の告白本だ。

「どうして？」

「あの映像を観て……なんとなく、私の思っていた藤木創と違う気がして、それで」

つぐみは自分の中の気持ちをどう語れば的確に表現できるのか、頭の中で言葉を選んでいるようだった。

「なんか、もっとふてぶてしいっていうか。いまさらあんな本を出して、みんなが忘れようとしていることを掘り起こすんだから、まったく反省はしてないんだと思う。贖罪の気持ちもないんだろうって。だけど、あの映像観たら、ちょっと変な気持ちになって」

「変な気持ちって、どういうこと？」

「なんか……思っていたより真面目というか」

「ほんとに？　贖罪なんてできないって、やつは言ってたのに」

「それ、よく考えたら、ほんとのことだと思う。起きてしまったことは変えられないし、紗耶香は生き返るわけじゃない。罪を償うなんて言葉はまやかしで、加害者やまわりの人間にとっての自己満足でしかない」

つぐみの目はどこも見ていない。自分の内側に向かって語り掛けているようだ。

「贖罪なんて、無理。誰にもできやしない」

「加藤さん？」

正和に呼び掛けられ、つぐみははっとした。正和の方に視線を向けた時には、いつもの彼女に戻っているようだった。

「ごめんなさい。あの映像にやられたみたい。なんかすごくショックだった」

「それで……、この本はどうだった？」

「面白かったというんじゃないけど、なつかしい感じもあった。同い年だし同じ学区だから、見ていたものが似ているし。子どもの頃遊んだ河原とか裏山とか、だいたい想像つくし。長野五輪の後、日の丸飛行隊の真似をして裏山を滑り降りたとか、中学の入学祝いでプレステ2を買ってもらったとか。なんだかこんなこと思いたくないんだけど、やっぱり同じ学校の同級生だったんだなって」

つぐみは半分泣きそうな顔をしている。つぐみがそう思うんなら、俺はそれ以上だ。そのプレステ2で、いっしょに遊んだこともあったのだ。

「それ、わかる。実は俺も読んだんだ、この本」

つぐみは驚いたように顔を上げて正和を見た。

「俺のことは全然出てこないけど、書いてある遊び場や学校には俺もいた。犬が事故に遭った時は、俺もいっしょに見ていたんだ。不思議な感じだった。俺が知ってる光景なのに、俺自身は登場してこない。まるで創の世界から俺が消えてしまったみたいだ」

「登場した方がよかった?」

「まさか。ただ、あいつの中で俺はどんな存在だったのかな、と思っただけ」

あいつが過去を思う時、その光景に俺の姿は見えるのだろうか。それとも俺のことなんか、思い出しもしないのだろうか。

自分としてはどっちを望んでいるのだろう。

「だけど、少しおかしいと思うところもあった」

「と言うと?」

「描写がね。ちょっと違うな、と思って」

「どこが?」

「ここのところ」

あらかじめ付箋(ふせん)が付けられた部分をつぐみが開いて見せた。

すべての偉大な作業が終わると、俺は水飲み場で手を洗った。手についた血を、洗い流したかったのだ。水は氷のように冷たかった。その痛みを紛らわせようと、洗いながらグラウンドの真ん中を見た。俺がこの世に与えたうつくしき造形物が、そこにあった。

白い雪の中に、己の流した赤い血で、くっきりと縁どられている。

その姿を讃えてくれる観客の訪れを、いまかいまかと待っているようだった。

「ここがどうして？」

「水飲み場の場所。私たちが中三の頃は、グラウンドが見渡せる場所ではなく、校舎と校舎の間にあったはず」

「ああ、言われてみれば」

「新しくグラウンドの端に水飲み場ができたのは、私たちが卒業した翌年だよ」

「そんなこと、よく覚えているね」

「私、バスケット部だったから、校舎の間じゃ使いにくいっていつも思っていた。

それで、水飲み場移転運動の署名に協力した。私たちの代には間に合わなかったけど、後輩のためになることができてよかった、って思っていた」

「そうだった。思い出したよ」

中三の女子数人が発起人となって署名運動を行ったのだ。生徒会もそれを後押し、生徒の三分の二にあたる数の署名を持って教育委員会に陳情に向かった。それが新聞にも紹介されることとなり、世論の賛同も得て、新しい水飲み場ができることになった。つぐみか誰かに頼まれて正和自身も署名をしたはずだ。

「そうすると、確かにこの描写はおかしいね。創がこういうことを間違えるはずはないんだけど」

「どうしてそう思うの？」

「あいつ、ビジュアルの記憶力がすごくいいんだ。写真を撮るみたいに頭の中に見たものを記録できる、って自慢していた。いわゆる直観像記憶っていうらしい」

それはごく限られた人間に与えられた資質で、見たビジュアルをそのまま記憶できる能力だ。必要な時は写真を取り出すように、いつでも思い出せるらしい。それができたら暗記もののテストなんか楽勝だろう、と正和はうらやましく思っていた。それなのに創は、その能力を勉強の方に使おうとはしなかった。

「ああ、そういえば死我羅鬼を研究した本にもそれは載っていたね」

「だから、こういうところ、間違えるはずないんだよ」

　印象的な光景だ。もし、これがほんとうなら、創はこの場面をしっかり頭の中に記録しているはずだ。

「じゃあ、もしかしたらこの本、本人が書いたんじゃないってこと？」

「ゴーストライターかもしれない」

「つまり、誰かが本人に代わって書いたってこと？」

「スポーツ選手や芸能人の本はたいていそう。本人にインタビューして、それをもとに膨らませて書くらしい」

　ある著名な作家が、デビュー後しばらくは食えなくて、ゴーストライターをしていた、とエッセイに書いていた。ゴーストライターという言葉は正和も知っていたが、それまではフィクションに出てくるだけの架空の職種だと思っていた。実際にある職業だと知って驚いたのだ。ゴーストライターがある種の出版物には欠かせない存在だということも、その時に知った。

「だけど、出版社は本人に書かせたってコメントしてたね。生活費としてかなりな額を先渡ししたんだって」

「じゃあ、どういうことだろう。ほかの人が手を入れたってことかな」

「そうかもしれないね。編集者がこうした方が効果的だって、直しをさせたのかもしれないし」

そう言いつつも、正和は違和感を覚える。ここの部分は筆者がこだわっている場面ではないだろうか。犯行について触れたわずかな描写だ。正和の知ってる創は、こだわっていることを人にまかせたり、他人の意見を取り入れたりするようなことはしない。『魔女の墓標』を知った経緯についても、事実とは違うことが書いてあった。そちらはただの記憶違いだろう、と思ったが、水飲み場のシーンについては、説明がつかない。どうして間違ったのだろう。

「あ、そうだ。『週刊トレンド』で始まった連載、読んだ?」

ふいにつぐみが青木の雑誌の名前を出したので、正和はどきっとした。

「え、ああ。第一回は」

連載第一回の掲載されている雑誌を青木が押し付けていったので、一応目は通した。一回目は、事件のあらましと逮捕に至る経緯、そして裁判とその後の収監の話が書かれていた。事件を知らない読者への概要説明、といったところだろう。それでも、裁判の時の創の家族の様子とか、同じ時期に収監されていた少年犯罪者の証言も載っているなど、目新しい情報も多い。この事件に執着している青木が書いただけのことはある。

「あの雑誌、うちの図書館にも入れているので読んでいたんだけど、退所後はやっぱりたいへんだったみたいだね。名前を変えても、不思議と正体がバレる。それで仕事辞めなきゃいけないし、借りてた家も追い出されるし。夜逃げ同然に引っ越しすることも、何度もあったみたい。過去と決別して、ひっそりと生きるのは難しいね」

「自業自得だけどね」

正和でさえ、過去のことを勝手にほじくり出されて嫌な思いをしている。まして創本人が平和にひっそりと生きるなんて、あっていいわけがない。

「週刊誌の記者の見解では、そういう目に遭ったことが、結果的に本を書かせることになったんじゃないか、っていうのよ。どうせひっそりと生きられないなら、逆に過去を売り物にしてやろう、と開き直った。あの本を書かせたのは世間の冷酷さだって」

「ずいぶん、創に同情的な見方だね」

「私もそう思う。やったことは変えられない。そして、それを受け止めて生きていくのが、更生したってことだと思うから」

「その通りだ。世間に騒がれたくないなら、なおのこと本を出すべきじゃなかったよ。そんなこと書いて、雑誌の読者から批判が来なかったのかな」

あのひねくれた青木の書きそうなことではある。青木は取材対象の創にのめり込み、自分と対象の境が曖昧になっているんじゃないか、と正和は思った。あるいは創に、自己の願望のようなものを投影しているのだろう。

そう思わなければ、あの異常なまでの執着を説明できない気がした。

「この連載、毎号読んでいたんだけど、三回で連載終わるみたいね」

「えっ、どうして？　人気なかったってこと？」

「そうじゃなくて、ライターが事故で亡くなったんだって。それで続けられなくなったらしいよ。今週発売の雑誌に書いてあった」

ライターって、青木が？

青木が死んだ？

突然のことに、正和の頭は混乱した。つい先日もうちまで押し掛けてきた。ふてぶてしく、取材対象にはヒルのように食らいつくあの青木が？

「どうしたの、椎野くん、顔色悪いよ」

つぐみが心配そうに顔をのぞき込んでいる。

「いや、ちょっと気になることがあって。……ごめん、そろそろ帰ろうか。もう時間も遅いし。ちょっとやらなきゃいけないことも思い出して」

デザートは食べ終わったが、珈琲は半分残っている。つぐみは少し驚いたような顔をしたが、すぐに笑顔になった。

「そうだね。椎野くん、明日早いんだっけ。遅くまでつきあわせてごめんね」

「そんなことないよ。楽しかった。また、連絡するよ。今日のお詫びに、これは俺がおごるから」

　そうして料金を正和が支払うと、いっしょに店を出た。近くの交差点まで行き、そこで別方向に帰るつぐみと別れた。つぐみが振り返らずに歩いて行くのを確かめると、正和はきびすを返して、イタリアンレストランの隣にあるコンビニに走って行った。ブックスタンドで『週刊トレンド』の最新号をみつけると、急いでページをめくった。

『死我羅鬼潔　十七年目の復活』連載第三回。

　記事のいちばん後ろに枠で囲った文章が掲載されていた。

『ご愛読いただきましたこの連載、担当しておりましたフリーライターの青木毅氏が、この三月十日に不慮の事故で急逝いたしましたので、今回をもって終了とさせていただきます。ほかのライターを立てて連載を続けることも検討いたしましたが、この連載は青木氏の熱意と努力で作られてきたものです。余人をもって代えがたし、というのが編集部の見解です。この連載を楽しみにしてくださった読者の皆様には深くお詫びすると共に、事情をご理解いただきたく、お願い申し上げます。

　なお、末尾になりますが、長年本誌にご協力いただき、数々の優れた記事をご提供いただいた青木毅氏のご冥福を、編集部一同こころよりお祈り申し上げます。
週刊トレンド編集長　上野誠一』

13

『もしもし、週刊トレンド編集部です』

電話に出たのは、低い声の男性だった。まだ午後の早い時間なのに、二日酔いみたいにけだるそうな声だ。おそらく四十代かそれ以上だろう。若々しい感じはしない。

「あの、椎野と申しますが『死我羅鬼潔　十七年目の復活』のことについて、伺いたいことがあるのですが」

東京に戻る道中正和はずっと考え続け、結局電話せずにはいられなかった。東京駅から自宅に戻らずそのまま出勤し、仕事の休憩時間にそっと店を抜け出した。人目につかない店の裏手の細い路地から『週刊トレンド』の編集部に電話を入れたのだ。

『どういったことでしょうか?』

相手はあからさまに迷惑そうな声を出す。その声で正和の気持ちが萎えかけたが、気力を奮い起こして言った。

「あの、私、実は青木さんに取材されていたんです。死我羅鬼潔の同級生だったので、本を読んだ感想を聞かせてほしい、と」

『えっ、それは……』

あきらかに相手は動揺している。

「それで、次の号あたりで私のコメントが記事になるかと楽しみにしていたんですけど、連載、打ち切りなんですね」

『申し訳ありません。雑誌に掲載したように、青木さんがいないとこの連載は続けられないと思いまして』

取材対象者と知ったためか、電話口のしゃべり方が急に丁寧になった。

「でも、三回で終わりなんですか？　書き溜めた原稿があったんじゃないですか？」

新聞や週刊誌での連載の場合は、ある程度原稿を書き溜めてから始める、というような話を聞いたことがあった。作家も交えた酒の席だったと思う。小説とは違うかもしれないが、こういう連載でも同じことをするんじゃないか、と正和は思ったのだ。

『おっしゃる通りです。実はこの連載は短期集中で、五回までと決まっていました。原稿も青木さんから最後までいただいていました』

「じゃあ、なぜ……」

本誌には、青木以外に続きを書ける人がいないという判断で打ち切りを決めた、と書いてあった。最後まであるなら、それを載せればよかったんじゃないだろうか。

『実は亡くなる直前に青木さんご自身から、納得がいかないので第四回以降の原稿は書き直す。前の原稿は破棄してほしいと言われたのです』

亡くなる直前？　それはいつのことだろう。

『青木さんの死後、編集部で討議したのです。最初にいただいた原稿をそのまま掲載するか、それとも、連載を途中で打ち切るか。最初のものでも出来は悪くはなかったんです。でも、青木さんが不本意だと言った原稿を掲載するというのは、故人にとって失礼だろう、ということで編集部の意見は一致しました。……私どもにとっては、青木さんは戦友でしたし、彼の想いを尊重したいと思ったんです。ご協力いただいていたたいへん申し訳ないのですが、こういう事情なので……』

それも事実だろう。だが、今号の『週刊トレンド』は、新大久保で起きた放火事件について大特集を組んでいた。犯人は捕まっておらず、韓国マフィアの闘争説まで取り沙汰されていて、しばらく話題は続きそうだ。雑誌としては古い話題になりつつある死我羅鬼事件よりも、そういうネタにページを割きたいのだろう。編集者のくどくどしい弁明は、その予想を裏付けているように正和には思えた。

「そうでしたか。それでは仕方ないですね。ところで、青木さんはどうして亡くなられたのですか？　私が先日お会いした時にはお元気そうでしたが」

『事故だったんです。彼には深酒をする悪い癖がありまして。……こういう仕事をしてると、いろいろストレスも溜まりますから。その日もひどく酔っ払って、運悪くアパートの階段を踏み外したんですよ。それで、階段を転げ落ちて、頭を強打したんです』

「事故？　ほんとうに？」

『はい。それは疑いありません。現場に不審な点はありませんでしたし、青木さんがトラブルに巻き込まれていた、ということもありませんから、すぐに警察は事故だと断定しました』

「そうだったんですか。ちなみにそれはいつのことですか？」

『先々週の金曜日、十日でした』

　三月十日。つまり、正和の家を訪ねて来たその翌日だった。

「わかりました。そういうことだったら、仕方ありません」

『ほんとうに、申し訳ありません』

その後も、編集者の詫びの言葉が続いたが、正和の頭には入ってこなかった。別れ際の、青木の歪んだような微笑みが浮かんでいた。

電話を切った後、人目を気にしながら正和は煙草を一本吸った。近頃は煙草に対して世間の目が厳しい。吸える場所を探すのもたいへんだ。めんどくさいし、金も掛かるので、滅多に煙草は吸わない。だが、今日は別だ。青木への追悼だ。青木は煙草好きだったはずだ。歯がヤニで茶色に染まっていたくらいだから。

あんなに嫌な男だと思っていたのに、亡くなったと聞くと妙に落ち着かない。それに、死ぬ前日に取材されたと知ると、何か因縁のようなものを感じる。もしかしたら、青木に最後に取材されたのは、自分だったんじゃないだろうか。

青木は何を探していたのだろう。原稿を書き直したいという理由はなんだったんだろう。

ほんとうに事故だったのだろうか。もしかして、酔ってる青木を誰かが……。

その時、店の裏手の扉が開く音がした。正和はあわてて煙草を消し、あたりに漂う残り香を手で払った。だが、出て来た男の顔を見て、気が抜けた。

「なんだ、本橋か」

ほかのスタッフだったら、正和の喫煙に厳しい目を向けるだろう。だが、本橋なら気にする必要はない。

「やっぱりここにいたんですね」

「やっぱりって？」

「椎野さん、たまにここで煙草吸ってるでしょ？　今日みたいに疲れた顔をしている時はとくに」

「よく知ってるな」

「日頃、見てればわかりますよ」

そう言われると、あまり気持ちはよくない。なんとなく見張られているようだ。

それで、ついつっけんどんな調子で言う。

「何か用？」

「あの、ちょっとご相談したいことがあって」

「いまここで？」

「いえ、できればゆっくりできるところで」

長い話になりそうだ、と正和は危惧(きぐ)する。疲れているので面倒な話は御免だと思いながらも、部下が相手では無下(むげ)にはできなかった。

「じゃあ、今日仕事終わったらメシでも食うか？　俺も今日は実家から直接来てるんで、あんまり長居はしたくないけど」

「いえ、明日とか明後日でも、なんなら来週でもいいです」

直感的に、これは早めに対応した方がいい、と正和は思った。たぶん仕事についての相談だ。感情的な問題を抱えているとしたら、長引くほどこじれるだろう。

「明日なら俺も早番だから夜はゆっくりできるけど、おまえ、バイトは休みじゃなかったっけ？」

「いえ、明日で大丈夫です。椎野さんの仕事が終わる頃、駅で待ってます」

「本橋が先に適当な店を選んで、そこで待っててくれてもいいけど」

「いえ、いいんです。時間はどうしますか？」

「四時には上がれるけど、なんやかんやしていたら、五時を過ぎるかもしれないな」

「じゃあ、五時半に駅でいいですか？　早いけど夕飯、つきあってもらえますよね？」

「まあ、いいけど」

どうせメシは食わなきゃいけない。男ふたりでお茶をするより、メシか酒の方が格好がつく。

「ありがとうございます。明日、よろしくお願いします」

それだけ言うと、本橋は店へ戻って行った。心なしか嬉しそうだ。その様子を見ると、それほど厄介な話ではなさそうだ。正和はその場で大きく息を吐くと、ゆっくりした足取りで店に戻って行った。

その日帰宅すると、正和は帰省に持って行ったキャリーバッグを開け、中から法事で着たスーツを取り出した。翌日仕事に行く前にクリーニングに出すつもりだった。ついでにクリーニングに出すものを探そうと、部屋に造り付けのクローゼットを開けた。冬物のコートと厚手のジャケットを取り出す。季節はとっくに春になっているのに、クリーニングに出しそびれたものだ。何気なくジャケットのポケットを探った。硬いものが手に触れた。それを取り出してどきっとした。青木の名刺だった。

『もし何か気づいたことがあったら、ここに連絡をくれ。いつでも俺は連絡を待っているから』

青木の声が正和の脳裏に甦る。

そうだ、そうしてあいつはバスの中で俺の胸ポケットにこれを押し込んだんだ。俺は寝たふりをして、それを無視していた。あいつの死を知ったこのタイミングでみつかるなんて。

そっけない白の名刺で、ライターという肩書の下に名前や住所が書かれていた。

東京都新宿区下落合○―×―○　青山荘２０５号室
それを見て、正和ははっとした。

この住所だとすると、使う電車は……西武新宿線なのか？

正和も同じ私鉄を使っている。店のある高田馬場へ乗り換えなしで行けるからだ。下落合（しもおちあい）なら馬場の隣駅である。正和の住む駅は、同じ路線のずっと西にあった。

もしかしたら、俺は知らずに青木と同じ電車に乗っていたこともあるかもしれない。それとも、電車の中で俺を見掛けて、こっそり後をつけたのだろうか？　それで俺の自宅を知ったのだろうか？

なんとなく捨てがたくて、正和は名刺をそっと自分の名刺入れにしまった。

14

その翌日、正和は下落合の駅にいた。青木の住んでいた街だ。仕事が早く終わってしまい、本橋との待ち合わせまでの時間を正和は持て余していた。家にいったん戻るには遠すぎるし、映画に行くにも時間が足りない。ゲーセンは好きではなかった。いつもなら、こんな時は喫茶店でゲラでも読んでいるのだが、今日は気が進まなかった。まるで彼女が来るのを待つ彼氏みたいじゃないか、と思ったのだ。

ふと、青木の家に行ってみようと閃いたのは、思いのほか青木の死にショックを受けていたからだろう。

あんなやつ死ねばいい、と思ったこともある。だけど、ほんとうに死ぬとは思わなかった。しかも、自分と会ったその翌日に。寝覚めが悪いっていうのはこういうことだ。それに名刺が出てきたってことは、青木が俺に伝えたいことがあるからじゃないだろうか。

馬鹿馬鹿しいと思いながらも、その偶然に意味があるような気がした。それに、雑誌記者という人間がどんな生活をしているのか覗いてみたい、という好奇心もあった。

いままではこちらが探られ、暴かれる立場だったけど、今日は俺が青木の正体を暴いてやる。

待ち合わせまで中途半端に時間が空かなければ、そんな酔狂なことはしなかっただろう。しかし、下落合までの往復なら、一時間ほどの時間潰しにはちょうどよかった。定期も持っているので交通費も掛からない。下落合まで移動し、住所を頼りに家を探した。名刺にはアパート名まで書かれてあったので、それほど迷わずに家を探り当てた。

駅から歩いて五分ほどのところにある、二階建て木造のごくふつうのアパートだった。築年数はそれほど古くはないが、飾り気もなく、思ったより質素な建物だ。鉄製の外階段が付いていた。

青木は頭を強打したって言ってたな。すると、ここで死んだのか？

見るからに勾配（こうばい）は急だし、段の幅も狭い。気をつけていないと足を踏み外しそうだ。酔っ払って上るのは避けたい場所だ。

近寄ってみると、階段のいちばん下のところに花が供えてある。事故現場であることを、それが証明していた。

階段を上って行く。ワンフロアに五世帯ほど住んでいるらしい。青木の部屋は五号室、南向き角部屋だから、アパートの中ではいちばんいい部屋なのだろう。

その部屋の玄関の横に、ダンボールや縛った雑誌が置かれている。雑誌は五つほどの束ができていた。ほとんどが『週刊トレンド』だ。

ぼんやりそれを見ていると、いきなりドアが開いた。中から出て来た女性と、真正面で向き合うかたちになった。女性はゴミの袋のようなものを持っている。どきっとしたが、相手は笑顔を浮かべた。

「あら、あなたもお線香を上げに来てくださったの？」

相手が勝手に用件を作ってくれたので、正和はほっとした。ここで否定するより相手に話を合わせた方が、この場をうまくやり過ごせそうだ。

「はい、あの、奥さんですか？」

そう尋ねると、相手はいきなりさもおかしそうに声を立てて笑った。

「違うわよ。私は妹の幸恵（さちえ）。兄はずっと独身だったわ」

言われてみると似ている。目元や鼻の形はそっくりだ。青木よりもぽっちゃりして、ひねくれた影もないので、見た目の印象はまるで違う。人の好さそうな、世話好きのおばさんに見える。

「独身でなんの準備もなく死なれると、まわりはたいへんよ。貯金通帳ひとつとっても、どこにあるのやら。福島の両親は年を取ってるから、後始末なんてとてもできないし。同じ東京にいるからって私に丸投げされたけど、東京にいると言ってもうちは荒川区だから、ここまで通うのもたいへんなんですけどね。……まあ、上がってください」

妹という人は、ぺらぺらとひとりでしゃべっている。そちらの方が正和にとっては気が楽だった。

「このたびはご愁傷（しゅうしょう）さまです。すぐに来たいと思ってたんですけど、仕事が忙しくてなかなか来られなくて」

もごもご言い訳しながら、靴を脱いで部屋に上がった。こうなったら、さっさと仏壇に手を合わせて帰ろう、と思った。そっちの方が怪しまれずにすむ。

部屋は外見から想像していたより広かった。手前に六畳ほどのダイニングキッチンがあり、その奥に二部屋あった。家具はあらかた片付けられ、部屋の隅に雑誌や本の山、それにダンボールが何箱も重なっていた。

俺の家の倍の広さだ。場所も便利なところだし、近くに公園があって環境もいい。きっと家賃も安くはないだろう。雑誌記者のギャラは、そんなに悪くはないらしい。

「散らかっていてごめんなさい。仏壇は実家なので、こんな仮の場所しかないんですけど。今日来ていただいてよかったわ。今週末には、ここを引き払うことになってるから」

がらんとした洋室の机の上に、位牌（いはい）が置かれている。その前に写真と線香立てと薔薇の花が一輪、ガラスのコップに入れて飾ってあった。位牌の前には香典（こうでん）袋が三つ四つ重なっている。それを見て、香典を用意していないことに正和は気がついた。

おまけに普段着だし、数珠（じゅず）も持っていない。およそ仏壇に手を合わせに来たようには見えないだろう。

「すみません、急に時間ができて駆け付けたので、お香典も忘れてしまって。洋服もこんなだし」

しどろもどろの言い訳をすると、相手は笑顔を浮かべた。

「いいのよ、来てくださるだけでありがたいです。それに、そっちの方が助かります」

どういうことかわからなくて返事ができずにいると、幸恵は説明する。

「いただくとお返しが面倒でしょう？　だから、お香典はお断りしてるんです。だけど、どうしても、って置いていかれる方もいてね」

なるほど、香典返しの心配があるのか。香典は半返しだったっけ？　そう考えた時、ふと母のことが頭に浮かんだ。父の死にまつわる一切の雑用を、母は一手に引き受けてくれた。遠方に住むことを理由にまかせっきりにしていた自分は、なんと不甲斐ない息子だろうか。

「正直、うちの兄ってあんまりつきあいやすい人間じゃなかったでしょう？　口は悪いし、ひねくれているし。身内の私がそう思うんだから、よそさまにはどう思われていたかと気にしてたんです。なのに、福島でやったお葬式にはたくさんの方がわざわざ東京から来てくださったし、その後も、こうして自宅まで訪ねてくださる方がいる。ほんと、ありがたいです。……あなたもライターさん？『トレンド』

の方？」

「ええ、まあ」

相手の好奇心を逸らすように、正和は位牌の前で手を合わせた。なんと祈ったらいいかわからず、『やすらかにおやすみください』とこころの中で唱えた。目を上げると、写真立ての青木の顔が目に入った。数年前の写真だろうか。目尻を下げ、口を開けて屈託なく笑っている。厚着をしているところを見ると、冬の写真のようだ。遊びか旅行先か、緊張の緩んだ一瞬を切り取ったのだろう。じっと見ていると、幸恵が横から声を掛けてきた。

「いい写真でしょ？　仕事関係の人たちとスキーに行った時のものらしいですね。実家には昔の写真しかなくて困っていたら、これを使ってください、ってカメラマンの方が持って来てくれたんです」

なるほど、プロが撮ったものなのか。どうりでよく撮れているはずだ。自分の記憶にある青木は、こんな明るい笑顔を見せるような男ではなかった。笑ったんだか、口を歪めたんだかわからないような笑い方をしていた。

「あんな兄だけど、仕事はきちんとしていたんだろうって思いました。みなさん、ほんとによくしてくださって……。いい加減な仕事をしてたのなら、そんな心遣いはしてくださらないでしょう？」

「ライターとしてはやり手でした。自分にはとてもできないような仕事ぶりでした」

あんな強引な取材は、俺がライターだとしても絶対やりたくない、という気持ちだったが、幸恵は誉め言葉ととったのだろう。嬉しそうな顔になった。それを見て、正和は罪悪感を覚えた。こんな素直な人を自分は騙している。

「じゃあ、今日はこれで」

これ以上ボロが出ないように、さっさと立ち去ろう。

「お茶も出さなくてすみません。食器も昨日不燃ゴミに出してしまって」

「いえ、突然押し掛けて、こちらこそすみません」

「あ、そうだ。ちょっと待ってください」

幸恵は部屋の隅に行き、積んであったファイルや雑誌などのいちばん上にあったノートを取り、正和のところに持って来た。

「もしよかったら、これ、もらってくれませんか？」

それはふつうの大学ノートで、表紙に『２０××年11月～』と、サインペンで日付が書かれている。

「これって、もしかして」

「兄が最後に使っていた取材ノートなんです」

「そんな貴重なものを、なぜ僕に？」

「これ、ついさっき警察から戻ってきたものなんです」

「警察から？」

「突然死ですから検死もされましたし、遺留品も持っていかれました。だけど、もう必要ないからって」

「検死って、事件性があったんですか？」

「いえ、自然死でない場合は一応、確認するらしいですね。でも、検死の結果でも、怪しい点は見られなかったそうです。毎週のように通っていた駅前の〝まさし〟ってお店で、べろべろになるまで飲んだ帰りだったんですよ」

まさし？　正和のまさと同じだが、どういう字を書くのだろう。

「あとちょっとで自分の家ってところで、油断したんでしょうか。階段の、上から二段目のところで足を滑らせた。手すりを掴み損ねて転がり落ち、最終的には地面に後頭部を打ち付けた、というのが警察の説明です。争った様子もないし、頭の打撲の位置と、階段に残る跡からそう結論づけられたそうです。酔っ払って、足を滑らせて転落死、かっこ悪いですね」

そう言って、幸恵はふっと微笑んだ。

「だけど、苦しまず、誰にも迷惑を掛けず、あっさりこの世から退場っていうのは、兄らしい死に方だと思うんですよ」

　そう語る幸恵の目にはうっすら涙が浮かんでいた。兄の不慮の死を、この人はそういうかたちで納得しようとしているのだろう、と正和は思った。

「それで、このノートなんですが、兄が最後まで持っていたものなんです。捨てるのはしのびないし、かといって兄の仕事がさっぱりわからない私たち家族が持っていても仕方ないし。……同じライターの方であれば、何か役立つこともあるかと思うので、もらっていただければと思うんです」

「だけど、僕なんかでは申し訳ないです。編集長とかほかの方に」

「でも、わざわざ送るのもなんだし。……すみません、たまたま居合わせた不運だと思って。もし、いらなければ処分してくださってかまいません。自分じゃ捨てられないので、どうか代わりに」

　そう言って、拝むようにノートを両手で差し出してきた。意外な成り行きに呆然としながら、正和はそれを受け取った。憎んでいた男の形見を、正和は持っていたデイパックの中にしまった。

　そうして挨拶もそこそこに青木のアパートを出ると、正和は足早に駅に向かった。胸の鼓動は早鐘のようにどきどきしている。ほんのわずかの時間潰しのつもりだったのに、思いがけないことになった。取材ノートを一刻も早く見たくなったが、その気持ちを強い意志で押し殺した。

もし見てしまったら、ほかのことができなくなる、という予感があった。これから本橋と会うのに、気持ちがそっちに持っていかれてしまうだろう。それでは自分を信頼して相談を持ち掛けてきた本橋に、申し訳ないと思う。

高田馬場駅に戻ると、改札を出たところに本橋がいた。本橋は不安げに遠くの方を眺めている。書店のある方だ。正和がそっちから来る、と思っているのだろう。その祈るような姿に、正和はなんとなく居心地の悪い思いがした。

「やあ」

その背中に軽い調子で声を掛ける。振り向いた本橋は、たちまち笑顔になった。

「椎野さん、今日は仕事じゃなかったんですか？」

「時間が余ったんで、ちょっと用を済ませてきた。どこに行こうか？」

線路を隔て(へだ)て店の反対側にある坂を上って行き、その途中にある海鮮居酒屋に入った。ここはランチタイムからずっと夜まで営業しており、昼から酒も飲むことができる。安くてネタも新鮮だ。いつ来ても満席の人気店だが、六時前なので、さすがに客も少ない。すぐに奥の椅子席に通された。

「すいません、まだ早いですけど、ビールでいいですか？」

こういう店に入ったら、お酒を頼まないのは失礼だ。まず生ビールをふたつ注文した。つまみは刺身の盛り合わせ、枝豆、それに冷奴。正和は思いがけない体験をして興奮しているので、まだそれほど空腹を感じてはいなかった。お客も少ないので、すぐに生ビールが運ばれてくる。

「とりあえず、乾杯するか」

正和がジョッキを掲げると、本橋が「乾杯」と自分のジョッキをぶつけてきた。

「そういえば椎野さん、コニー・ウィリスの新刊読みました？」

話があると言ったわりには、本橋はすぐには本題に入らなかった。好きなＳＦの話を振ってくる。いつもバックヤードでしているような話だ。

「いや、まだだ。買ってはいるけど、読まなきゃいけないゲラが溜まってるんで、後回しになっている」

正和も適当に話を合わせる。書店のスタッフの中でも、本橋は本の趣味が合う数少ない人間だ。書店に勤めているからといって、熱心な読書家は案外少ない。正和より量を読んでいるのは、本橋くらいだった。相談ごとはそっちのけで、本の感想を熱く語っている。

「……だから、これは必読ですよ」

「そうか。じゃあ、今度読もうかな」

すぐにつまみも運ばれてきて、テーブルの上はほどほどに埋まった。

「これでつまみは出揃ったけど、ほかに何か注文する？」

「肉じゃが、いいですか？」

「じゃあ、俺、鶏唐（とりから）」

本橋は長居するつもりらしい。店が混んできても、相変わらず本の話を続けている。そして、何度もビールのおかわりをした。

「大丈夫か。おまえ、そんなに酒強くないだろ？」

「いえ、なんか今日は楽しくて。椎野さんとふたりで飲むのって初めてですから」

本橋の目はとろんとしている。店に来て一時間も経っていないのに、酔いが回り始めている。

「それはいいけど、なんか話があったんじゃないか？　酔っぱらう前にそっちの話をしといた方がいいと思うぞ」

「ああ、そうでしたね。でも、やだな。言うと現実になっちゃうし」

「なんのこった？」

「僕、バイト辞めようと思うんですよ」

やっぱりそうか、と正和は思った。アルバイトの人間が「話がある」と言ってくる時は、それがいちばん多かった。

「どうして？　ほかにいいバイトみつけたの？」

一応理由は尋ねる。お金のこと、シフトのこと、就活に専念したい、人間関係が嫌だ、などなど辞める理由はいくらでもある。だけど、「辞めたい」と決めてしまった人間を引き留めるだけの魅力は、いまの職場にはない。

「そういうわけじゃないです。僕、大学生だし、そろそろ就活もあるので。僕は本好きだし、できればもうちょっと続けたかった。でも」

本橋はジョッキに残っていたビールをくいっと飲み干した。飲まずには話せない、というように。

「本屋の売り場って世間の鏡だと思うんですよ。その時流行(はや)っているもの、世間の関心事も売り場にいればわかる。同時に蓄積された知というか、人類の英知みたいなものも置かれている。移りゆくものと同時にずっと留めておくべきものがそこに在る。すばらしいですよね」

話がいきなり逸(そ)れたので、正和の頭はついていけない。「そう思いませんか?」と、本橋が返事を強要してくるので「まあ、そうだな」と、適当に相槌(あいづち)を打つ。

「一時的にこの場所に集まって、そして流れて行く。残るものもあるし、留まり続けるものもある。つまらない本は淘汰(とうた)されるんですよ。そして、価値のあるものだけがずっと残り続ける。五年後も十年後も。いや、百年後だって」

本橋はうっとりと語る。酒に酔っているのか、それとも自分の話に酔ってるのだろうか。

「おまえ、ロマンチストだな。そんなこと、考えたこともなかった」

自分も本は好きだ。だけど、正確にはフィクションが好き、小説やコミックが好きなのだ。それが嵩じて本屋の店員になった。だからといって、本屋が天職とまでは思わない。もし編集者や作家になれたらそっちの方がよかった、というのが本音である。

「ネットに押されて本屋は衰退する一方だけど、やっぱり文化の最前線なんですよ。よい本屋がある街には、知的な人間が集まって来る。本屋のレベルはその地域の文化レベルを支えているんです。本屋は人がよりよく生きるために、なくてはならない生命線なんです」

「そんな風に思うって、おまえ、ほんとに本屋が好きなんだな。なのに、辞めるなんてもったいないよ」

素直に正和はそう思った。自分より本橋の方が、書店というものへの想いが強い。彼なら天職になるかもしれない。

「うちの書店で働こうと思ったのも、そういう本屋だと思ったからです。学術書関係も充実しているし、海外文学の棚も広い。英米文学だけでなく、アジアや南米などの翻訳ものが多いことも気に入ったんです。それもベストセラーだけでなく、ちゃんと選んでいい本を置いてくれている。それが嬉しかった」

「そう言ってもらえると光栄だな」

　海外文学も、正和が担当している。密かに力を入れている棚だったが、大型書店に比べると品揃えも少ないので、あまり注目はされていない。そんな風に褒められたのは初めてだった。

「だけど、最近売り場が濁ってきた、と思うんです」

「濁ってきた？」

「例の告白本もそうだし、ヘイト本も年々増えている。ほんの数年前までは史実に則っていないインチキ本として扱われていたものが、いまや歴史書や国際関係の本の中に堂々と並んでいる。近隣諸国への差別を助長する記事が週刊誌に載っても、もう誰も驚かない。それが人種差別であることにさえ気づかない。時代がそういう空気になってきたから、本屋の売り場もそんな風に汚れてしまうんでしょうね」

「くやしいが、そういうことだ。売り場を作るのは書店員だけじゃない。その店の顧客といっしょに作っていくものだ。顧客が求めるものは置かないわけにはいかない。以前、おまえに絡んでいたじいさん、ああいう輩が増えているのだから、どうしようもない」

「その棚を見て不愉快に思う人がいても、そうしなければならないんでしょうか。

そういう人は顧客じゃないんでしょうか」

今日の本橋は妙に絡む。そんなこと言われても、俺には答えようがない、と正和は思う。

「知ってますか？　この店、新大久保も近いでしょう？　だから、お客さんの中に在日の人も多いんですよ。見掛けはふつうの日本人と変わらないし、日本名を名乗っている人も多いから気づかないかもしれませんが。そういう人たちがいまのうちの本棚を見てどんな風に考えると思いますか？」

それを聞いて、正和はどきっとした。コリアンタウンと言われる新大久保は隣駅だし、歩いても行ける距離だ。新大久保には小さな書店が一軒しかないので、その西半分は自分の店の商圏だと考えていたのに、そこに住む中国系韓国系の人たちが顧客だとは意識していなかった。中国系韓国系と一括りにしても、日本で生まれ育った人たちの多くが日本語を母語としていることくらい、知識としてはあったのに。

「在日の友だちは本屋に行くのが怖い、と言っています。日本人の本音はこうなのか、と思うと悲しくなる。多くの人はそうでないとわかっていても、本屋にずらっとヘイト本が並んでいるのを見ると、剝き出しの悪意を感じて苦しくなる。いまにも攻撃されそうな気持ちになって、その場から逃げたくなる。それで、いまはもうネット書店しか使わないそうです。以前は週に三回は本屋に行くような、本屋好きだったんですけどね」

　本橋は、再びジョッキをぐいっと傾けて、ビールを喉に流し込んだ。

「おい、大丈夫か？　今日は少し飲みすぎじゃないのか？」

　本橋はそれほど酒に強くない。職場の飲み会でも、酒を楽しむというより、みんなに話題を振って、その場を盛り上げることを楽しむようなタイプである。

「在日の友だち、なんて言いましたけど、ほんとは僕自身のことでもあるんです。僕は在日、おまけにゲイなんです」

　突然告白されて、思わず本橋の顔を見た。驚きのあまり、言葉が出てこない。

　本橋はうっすら笑みを浮かべている。正和の動揺を楽しむかのように。

「そんな顔しないでください。珍しいことじゃないでしょう？　それとも、僕がそういう人間だとわかって、軽蔑しますか？」

　目を伏せて語る本橋の睫毛（まつげ）は長く、頬に影を落としている。

「そういうわけじゃない。別にそれが悪いことだとか、おかしなことだとは思わない。知らなかったんで、驚いただけだ」

　言われてみれば、正和には思い当たるところがある。在日という点でなく、ゲイという部分だ。本橋の言動にはたまに女性的なものを感じて、落ち着かない気持ちになることがあった。それは、そういう部分に無意識に反応していたからなのかもしれない。

「でも、知ってしまったら、僕に対する見方は変わるでしょう?」

確かにそうだった。差別に加担する気は毛頭ないが、聞いてしまったらいろんな場面で気遣いすることになるだろう。特にゲイと言われてしまうと、いままで通りふつうの男同士の関係ではいられない気がする。

「僕から愛を告白されたら、椎野さん、きっと僕のこと、嫌いになるでしょうね」

ふいに本橋が正和の手に自分の手を重ねてきた。正和はさりげなく自分の手を引っ込めた。それを見て、本橋はふっと笑った。耳のピアスがきらりと光る。

「いまのは冗談です。困らせてしまったら、すみません。椎野さんにはよくしてもらったんで、ほんとのことを言っておきたかったんです。……あ、だからといって、気を遣ってほしい、と思ってるわけじゃないんですよ。むしろその逆。お互い気を遣わなくても、自然とそこにいられる。そういうことを望んでいるんです。でも、それは難しいでしょう? だから親しい相手にもなかなか言えないんです。自分のことを」

正和は何も言えなかった。そんなささやかな本橋の望みさえかなわないのは悲しい。そうして、その状況に自分も無関係だとは言えないのだ。

「アルバイト、楽しかったです。好きな本に囲まれて幸せだった。そう思っているうちにここを辞めたいんです。これからますます嫌な思いをすることが増える気がするので」

正和の中で、もやもやしたものが大きく膨らんでいった。それは息苦しくなるほどだった。そのもやもやを振り払うように、正和は椅子から立ち上がった。

「行こう」

「行こうってどこへ？」

「店だ。まだ開いてるだろ」

「いまから？　どうして？」

本橋は座ったままだ。テーブルの上には、料理が半分以上残っている。

「おまえが辞める前の置き土産だ。最後に、好きにやろうじゃないか」

正和はテーブルの端に置かれた伝票を摑み、レジの方へと歩いて行く。本橋はしぶしぶといった様子で後をついて来た。

そこから歩いて数分で店に着くと、いつものように従業員専用の出入口からバックヤードに入った。

「あれ、椎野さん、今日はあがりじゃなかったんですか？」

遅番のアルバイトに声を掛けられたが、正和はそれを無視した。そして返品用のダンボールをいくつか取り出すと、無言で組み立て始めた。本橋はあっけに取られてただ見ている。組み立て終わると、台車の上にダンボールを載せた。

「行くぞ」

正和は台車を押しながら、本橋に声を掛ける。わけがわからない、という顔をしながら、本橋は黙って後ろからついて来る。まず向かったのは、一階の中央レジ前にある話題書の売り場だった。創の告白本が目立つところに平積みになっている。

「人殺しの告白本なんていらねえ。被害者のことを思うなら、本なんか出さずに社会の片隅でじっとしていろ！」

そう言いながら、正和は告白本をダンボールの中にどさっと詰め込んだ。それだけで箱の半分くらいが塞がった。ぎっしり本が並んだ中で、告白本のあったところだけぽっかり空間ができていた。

「いいんですか」

本橋が困惑顔で正和を見ている。その問い掛けを無視して、正和は別の本を手に取った。有名なタレントが書いた南京大虐殺否定論である。タレントの知名度もあって、一部で話題になっていた。

「南京大虐殺はなかった、なんて史実はない。日本政府だってそれを認めて、ＨＰにも書いてある」

そうして、その本を返品用のダンボールの中に入れた。続いてその隣にあった、嫌韓本を取り出した。

「おまえもやれ。嘘っぱちの本はこの中に入れるんだ」

ようやく正和の意図を察した本橋が、それに続く。

「ＬＧＢＴは矯正（きようせい）できるなんて嘘だ。そもそも、なんで矯正しなきゃいけない？」

本橋がまず選んだのは、ＬＧＢＴに対する偏見を助長するような本だった。正和もそれに続く。

「日本がアジア解放のために満州を建国したなんて、当時の軍部が流したプロパガンダだ。いつまでそんなものを信じているんだ。架空戦記か」

売りたくない本、返品したい本はいくつもある。ほんとは、もっと前からこうしたかったのだ、と正和は思った。

「椎野さん、本橋くん、何をやってるんですか？」

近くにいた契約社員の女性が寄って来る。それを無視してふたりは作業を続ける。

「ＬＧＢＴだって人間だ。人権は守られるべきだ」

そう言いながら、本橋は数冊を束にして棚から抜き取り、箱に入れた。正和も続く。

「日本人と韓国人にどれほどの違いがあるっていうんだ。もともとヤマト民族は大陸から渡来しているんだし、根っこは同じだ」

アルバイトだけではなく、お客も何人か集まって来た。みなふたりを遠巻きにし、息を殺して正和たちのやることを眺めている。それでも、ふたりは本を箱に入れ続ける。鬼気迫るふたりの様子に、誰も声を掛けることができなかった。

15

その夜、正和が家に帰ったのは十時過ぎだった。話題書から新書、文庫など一階にある棚を回って、これと思う本を片っぱしから返品用のダンボールに詰めていった。正和自身が一階のフロア長であり責任者でもあったから、遅番でそこに居合わせた人間は誰も止めることはできなかった。返品用に詰めたものは、ダンボール五箱分あった。その後、本橋とふたりで取次のデータにそれらの返品登録をし、バックヤードの返品棚に並べておいた。そこに置いておけば、翌朝取次(とりつぎ)のトラックが倉庫に持って行ってくれることになっている。

だが、たぶんそれは返品されることはないだろう、と正和は思っていた。きっとあの場にいたスタッフの誰かから、店長に電話がいっているはずだ。正和と本橋の奇行が報告され、店長は返品棚からふたりが選んだ本を外すように、と指示しているに違いない。

それでもいいのだ。一度はやりたかった。本橋のためでなく、自分のために。

こころの内に溜まっていたもやもやしたものが、少し吐き出せたような気がする。

部屋の灯りを点け、手を洗ってうがいをすると、急に空腹を覚えた。本橋と飲みに行ったのに、あまり食べずに店を出て来てしまった。なんか、食べるものあったっけ?

冷蔵庫を開けて中を見たが、ビールや調味料、キャベツが少しあるくらいだった。

そういえば、前にキオスクで買ったカロリーメイトを、デイパックに入れっぱなしにしてたっけ。

思い出してデイパックを取って開ける。そして、中にある青木の取材ノートに気がついた。本橋の件ですっかり忘れていた。

あらためてノートを眺める。飾り気のない、ふつうの大学ノートだった。中を開いてみる。なぐり書きされているのか、と思ったら、意外と読みやすく整理されている。ボールペンで書かれていて、文字も思ったよりきれいだ。冒頭のページのいちばん上のところに、第三回と書かれてあった。その下に、人の名前とその後に短い文章が続く。

山下順平

帰ってくれ。コメントはない。読んだ。話は聞いてない。最初に知らされたのはなんだっけ？ いいだろ、そんなことどうだって。何も言いたくない。成果を信じていたのでがっかりだ。（あれが出たということは）我々の治療が失敗だった。ほっといてくれ。無力だ。

正和ははっとして、部屋の隅に積まれた雑誌の山の中から、『週刊トレンド』を取り出した。先日帰省した時に購入したものだ。ページをめくって、『死我羅鬼潔十七年目の復活』のページをめくる。連載第三回、そして最終回の記事だ。その中に山下順平という名前をみつける。創が医療少年院に居た頃に作られた更生プロジェクトの中心的な人物、と説明がなされた後、

「本は読んだ。事前に相談はなかった。あれが出たということは、我々の治療が失敗だった、としか言えない。無力さを痛感している。これ以上は語りたくない」

と、記事に書かれている。ノートに書かれた言葉をブラッシュアップしたのが記事のコメント、ということだろう。そういえば、青木はメモを取っていなかった。だが、ノートに書かれてあるのは話し言葉だ。おそらくスマホかICレコーダーで録音したものを、このノートに清書したのだろう。

それに続けて十人くらいの名前があった。そのコメントのいくつかは、記事のそれと一致した。しかし、ノートにはあって記事には書かれていないコメントもあった。そのほとんどが「取材拒否」「何も言いたくない」といったものだ。そのひとつに、「椎野正和」という名前をみつけた。

おあいにくさま。俺はあの本を読んじゃいない。あんな本、見たくもない。ほっといてくれ。

そして、その下に鉛筆で「頑(かたく)な」と書かれている。青木の感想だろう。つまらないと思われたのか、正和のコメントは記事にはなっていない。取材した全員が記事になるわけではないのだ。

このノートはちょうど連載第三回を書くために取材したところから記述が始まっているらしい。取材した人間のコメント、ネットや新聞で調べたこと、さらには青木自身の推察、思いつき、などにもページが割かれている。純粋な取材ノートというより、それを頭の中で再構成するための覚書のようなものかもしれない。

ぱらぱらとめくっていく。ノートは半分くらいしか書かれていなかった。真ん中あたりのページには、写真が一枚だけ貼られている。どこかのアパートの二階部分を撮影したものだ。

二〇××年五月~二〇××年六月八日 松本克哉名義で借りたアパート(都内五軒目)と説明が書かれ、その下に江戸川区平井の住所が載っている。さらに、メモ書きがある。

高円寺→赤羽→大泉学園→下北沢→平井

これがきっと創の住んだ土地の順番だ。路線も地区もみごとにバラバラだ。正体がバレそうになると、繋がりのない場所へと逃げ出したのだろう。まわりの環境や店にも馴染んだ頃に移転を繰り返す。人間関係もそのたびに断ち切る。自業自得とはいえ、寂しい人生だ。

この後の足取りは不明。やつはどこへ消えた?

そういえば、最後に会った時、青木は創の住所がわからない、と言っていたっけ。それで俺に探りを入れてきたみたいだった。そんなもの、俺が知るわけもないのに。

創の家族についても書かれてあった。

尾崎（藤木）恵子

名古屋市南区「ゆうあいホーム桜台」

２０××年．10月より入居

見舞い客は息子・祐だけ。

創の名前を出した途端、錯乱。介護士に部屋を追い出される。認知症でも息子のことは覚えているのか？　だが、これ以上ネタはなさそう。

尾崎祐

名古屋市緑区　植松造園勤務、自宅は職場に近い緑区M町

独身　兄とは没交渉。

「兄とは一切関係ありません。それ以上、言うことはありません」

取り付く島なし。

久しぶりに知った創の家族の近況だった。

ふたりとも名古屋市内にいる、というのは意外な気がした。あの事件の後、どこか遠くの街に引っ越したのかと思っていたのに。そういえば、創の両親はふたりとも名古屋出身だった。夏休みにも、帰る田舎がない、って言ってたっけ。

それにしても、おばさんは認知症というのは本当だったんだな。うちの母とそんなに変わらない年齢なのに、少し早すぎる。やっぱり苦労してるからだろうか。忘れたいことはたくさんあるだろうし。もしかしたら認知症である方が、おばさんにとってはしあわせなのかもしれない。

祐は造園会社勤務なのか。だとすると、植木職人になったのだろうか。あいつ、植物が好きだったっけ？　人づきあいは不器用だったから、植物相手の方がいいのかもしれないなあ。

警察の発表前に、隣の一家は姿を消した。警察の配慮で、騒ぎになる前にどこかに隠れたのだ。マスコミが殺到した時には、隣には誰もいなかった。おかげで迷惑を被（こうむ）ったのは近所の人間だった。留守だとわかっていても、マスコミは創の家のまわりを取り囲み、動かなかった。

やつらはなんのために張り込んでいたのだろう。少し考えれば、藤木一家が戻って来るはずがない、とわかるだろうに。

「ここがあの、死我羅鬼潔の育った家です」

ヒステリックな声でわめきながら、やつらはずけずけ入り込んで来た。それを伝えることが正義とでも言うように。創の育った家なんか映して、視聴者になんのメリットがあるのだろう。下種な好奇心を満足させるだけじゃないか。そもそも少年法に守られて名前も発表されていないのに、なぜ自宅は公開してもいいことになっていたのだろう。おかしいじゃないか。

なかにはうちの庭に勝手に入り込み、そこからカメラを回すやつもいた。うちからの方が接近して撮れるからだ。正義のためなら、多少の行き過ぎは許されると言いたげに。

そう、この青木もそのひとりだったのだ。

ふと手にしたノートがおぞましいもののように感じられた。ひとのプライバシーをほじくり出して白日の下に晒す。それがこいつの仕事なのだ。祐もおばさんも、自分たちのことなど知られたくないだろう。勤務先に知られたら、祐はそこに居られなくなるかもしれない。

ノートを見るのをやめよう。これは焼いて処分してしまった方がいい。

そう思いながらも、ページをめくることをやめられなかった。事件のこと、事件の周辺は自分自身の過去に結びついている。とても無関心ではいられない。

さらにページをめくった。そこで正和はひとつの名前に釘付けになった。

加藤つぐみ

なんでここにつぐみの名前が？

いや、載っていても不思議じゃない。つぐみは被害者の親友だ。青木も取材対象に考えていたのだろう。そして、それは成功しなかったのだ。つぐみは青木のことを何も言ってなかったし。

だが、名前に続いて、書かれたコメントを読んで衝撃を受けた。

「今度も私の名前は出しませんよね。だったら。本は読みました。あの事件、わからないことが多いし、ほんとうは何があったのか、どうして紗耶香が殺されなければならなかったのか。身近にいた人間として知りたいと思ったから。だけど、そういうことについては全然触れてなかった。肝心なことは書いてないんだから、ずるいというか、読む意味なかったな。なんか酔ってるっていうか、自分語りばかりして気持ち悪い」

謝礼三万円（情報提供代コミ）

どういうことだろう？　つぐみが青木の情報提供者？　なんの情報を提供したのだろう。つぐみが何を知ってるんだろう？　つぐみは同窓会の幹事だから、同級生の情報を流そうと思えばできないことはないけど……。

ふと、名古屋から戻る時、青木がバスに乗り込んで来たことを思い出した。あの日、自分があのバスに乗ることを知っていたのは、母とつぐみだけだ。

まさかつぐみが俺のことを知らせた？　俺の東京の住所を青木が知っていたのも、そのせいか？

つぐみのふんわりした笑顔が脳裏に浮かぶ。この世の暗鬱とは関係ないような、穏やかな光のような微笑み。聞く者を和ませるような、ゆったりとしたアルトの声。

つぐみが青木に俺のことを伝えていたなんてこと、あるはずはない。そんなこと、信じたくない。

だけど、つぐみは青木のことを話さなかった。まるで関係ない人のように語っていた。青木との接触を隠していたのは事実のようだ。

なぜ、なんのために？

正和は呆然として、つぐみの名前の書かれたページからしばらく目が離せなかった。

そして、結局ノートを隅から隅まで読むことになった。ノートには取材コメントだけでなく、青木の考えを整理した部分もある。コメントはボールペンで書かれていたが、推論については鉛筆書きだった。告白本についての推論も書かれていた。

疑問一　描写の間違い。四ヶ所。

特に、医療少年院の描写が違う。入所体験がある人間なら間違えないはず。

中学の描写、水飲み場の位置は現在のものと違う。印象的なシーンなのに、おかしい。

時系列の間違い。二ヶ所。

保護司と精神科医の言葉が逆。

疑問二　内容が謙虚すぎる。目立ちたがりで責任転嫁の得意な死我羅鬼とは思えない。

疑問三　言葉の選び方のニュアンスが本人らしくない。

疑問四　発表した後、おとなしすぎる。書いた後の反響を気にしていないはずはない。

↓ゴーストライターか？

版元は完全否定。本人じゃないとこれは意味がない。

青木なりに仮説を立て、本の真の執筆者が誰か、推理している。正和はページをめくる手が止められない。

死我羅鬼の手は入っている。一部精密な描写（グロい）については、ゴーストなら書かない。

本人でなければ知り得ない部分も多々。関与しているのは間違いない。

↓身近な人間が聞き書き？

誰が？　そんなことを引き受けるような人間がいるか？

弟？　長い文章を書けるのか？　兄のことは嫌悪。事件後は一度も会ってないと明言。

友人？　椎野正和？　ありえない線ではない。

死我羅鬼にとって、もっとも親しい人物。昔のことも知っている。

読書家で文章を書くことは得意（新聞広告にしばしば名前入りのコメントが掲載）。給料も安いので、金目当てなら動くことも。

あるいは久我？　死我羅鬼が書いたものを久我が最終的にまとめた？

それを読んだ瞬間、正和は驚いて文章を何度も見返した。青木が自分に接近して来たのは、俺が本の代筆をしているかもしれない、と思ったからなのか。
自分の名前はありふれたものではない。同姓同名は見たことがない。新聞にコメントが載る時は、名前と同時に勤めている書店名も載る。それで、自分の存在に青木が気づいたのだろうか？　職場がわかれば、住所を突き止めるのも難しくない。俺の仕事あがりを待って、その後をついて行けばいいのだから。
それにしても、創のまわりにはそれほど人がいないのか？　十七年の間一度も会わない自分が、創にとって「もっとも親しい人物」なのか？

それほどやつは人間関係を作れずに過ごしているのか？

次のページも鉛筆で書かれているが、それまでと違って字が乱れている。なぐり書きだ。

宣伝コメント
俺の予想は正しかった。
そういえば、青木はあの映像が流れた翌日に事故死したのだ。あれを見て、何がわかったのだろう？　俺にはしきりに「あれが本人だと思うか？」と聞いていたけど。

死我羅鬼は何処へ？　案外身近なところ？　灯台下暗し？

そして、最後に書かれていたのは、この一文だった。

明日、決着をつける。

つまり、青木はノートを書いた翌日、亡くなった当日に、誰かと会う予定になっていたのだ。一連の疑問に決着をつけられるような人物と。そして、その日のうちに事故に遭った。

これは偶然だろうか？

正和の背筋に悪寒が走った。嫌な考えが湧いてきたのだ。

青木の死はほんとうに事故だったのだろうか。もしかして、青木は誰かに殺されたのではないだろうか。

もしかして創に？　ゴーストライターが書いたことをばらされないために？

その考えを、正和は即座に否定した。

ゴーストライターが書いたとしても、それが大きな問題になるとは思えない。文芸の受賞作ならともかく、しょせんは話題性だけで文学性など求められてはいない。そんなことのために、わざわざ事故に見せかけて、人ひとりの命を奪うとは思えない。

ノートを机に放り出すと、正和はベッドに身体を投げ出した。ノートは中途半端に終わっている。最後の一文の意味がなんなのか、いまとなっては知ることはできない。

気にはなる。だけど、これ以上、考えても仕方ない。

そんなことより、考えるべきは仕事のことだ。勝手に返品の山を作ったのだ。事なかれ主義の店長といっても、きっと何か言ってくるだろう。それになんと言い訳しよう。

青木のことなんかより、そっちの方がずっと大事だ。

そう思えば思うほど、意識は青木のことに戻ってしまう。もう寝てしまおう、と思うが、目は冴えて雑念が浮かんでくる。結局、明け方の光が差し込んでくるまで、正和が眠りに落ちることはなかった。

16

その翌日、職場では予想通り店長が正和を待ち構えていた。正和が言葉を発する前に、

「椎野くん、昨日は酔っ払って、やらかしたそうだな」

と、話を振ってきた。困ったもんだ、というように半笑いを浮かべている。

「酔っ払ったわけじゃないです。俺は」

言い掛けた正和の言葉を、店長は強引に遮（さえぎ）った。

「まあ、きみの気持ちもわからないわけじゃない。俺だって、クズみたいな本は返品してしまいたくなる。でもな、そこで感情的になっても仕方ない。それが自分たちの仕事なんだ。酒はほどほどにしておけ」

店長は正和がやったことを酒の上の過ち、ということで片付けたいらしい。

「わかったか？」

ここで「はい」と言えば、なかったことにしてくれそうだった。だけど、そうしたくない、というひねくれた思いが正和の中にあった。

「酒のせいじゃないです。俺は、やりたくてやった。くだらない本は売り場に置きたくない」

「椎野」

「罰を与えるっていうなら、喜んで受けます。クビにするっていうなら、そう言ってください」

それまで薄笑いを浮かべていた店長の顔が、急に強張った。丸眼鏡越しにしばらく正和をじっと見ていたが、ぷいと横を見た。

「そこまでするつもりはない。返品箱に入れたものは、昨日のうちに全部元に戻しておいたからな」

これも予想通りだ。店長の行動パターンはわかりやすい。

自然と笑いがこみ上げてきた。それを見て、店長は露骨に不快そうな顔をした。

「だけど、そんなに不満なら担当を変えよう。来月から二階の方を担当してくれ」

これまで正和は一階のフロア長だった。二階は店長の担当である。一階は売れ筋の雑誌、文芸、文庫、新書、コミックなどが置かれている。二階は学術書、参考書、資格書など硬い本が中心だ。昨日、返品箱に入れたのも、すべて一階の本だった。誰も止めなかったのは、正和が売り場の責任者だったからだ。

「わかりました。じゃあ、そうします」

正和の言葉を聞いて、店長は驚いたように眉を少し上げた。こう言えば、謝ってくると思っていたのだろう。正和が文芸書担当の仕事に強い愛着を持っているのを、店長は知っている。

だけど、店長は勘違いしている、と正和は思う。文芸しかやらないつもりはない。書店員としてのスキルを上げるためには、ほかのジャンルも担当した方がいい、とずっと思っていたのだ。

「そろそろレジの時間ですから」

そう言って、正和はその場を立ち去った。あっけなく担当が変わることに、怒るというより、何やらさっぱりした思いを抱きながら。

その日の帰り道、正和はまた下落合駅に降りていた。駅の近くの、青木が常連だったという店に行ってみようと思ったのだ。店の名前はうろ覚えだが、「まさ」がついたはずだ。正和のまさだ、と思った覚えがある。その記憶を頼りに駅前を探すと、すぐに店は見つかった。駅前の、定食屋とスナックに挟まれた『将司』という名前の居酒屋だ。飾り気がなく、カウンターのほかはテーブル席がひとつだけ。店構えに年季が入っていて、いかにも地元の常連客に支えられている店、という雰囲気を醸し出している。

店は開いていたが、六時前なので客はいなかった。

「いらっしゃい」

仕込みをしていた店主が威勢のいい声で挨拶する。カウンターに座ると、正和は「生をください」と注文した。まだ時間は早いが、どうせならここで食事も済ませてしまおう、と思った。カウンターの上に黒板のメニューが載っている。

「すいません、煮込みがもうちょっとかかるんで。それ以外でしたらお出しできます」

「こちらのお勧めはなんですか?」

「今日は鰹のたたきですねえ。鰹のいいのが入りましたから。それと牛スジ大根はわりと評判いいです」

「じゃあ、そのふたつを。それにお新香も」

注文した品を待つ間、ビールを飲みながら店を観察する。どこにでもあるような、ありふれた店だ。年季の入ったテーブルや椅子、店のビールケースの上に古い週刊誌や新聞が積まれている。壁に貼ったメニューも油焼けして、剝がれかかったものもある。

ここのどこが青木はそんなに気に入っていたのだろう。

「おまちどお」

運ばれてきた皿に、正和は上の空で機械的に手をつけた。しかし、鰹のたたきを一口食べて、思わず皿を見直した。うまいのだ。ふっくらと厚みのある鰹は、新鮮で臭みがまったくない。ネギと生姜の辛味で、鰹本来の風味がいっそう引き立っている。それから牛スジに箸をつける。とろとろの牛スジのうまみが口いっぱいに広がる。この牛スジと甘辛い醬油ダレだけで、ご飯が何杯でもいけそうだ。

「うまい。聞いていた通りだ」

店主に聞こえるように正和は独り言をいう。案の定、相手は食いついてきた。

「お客さん、初めての顔ですけど、誰かからうちの店のこと、紹介されたんですか？」

店主は好奇心丸出しの顔をしている。話好きのようだ。

「友だちというか、仕事上の先輩から。下落合の駅前に、安くてうまい店があるって」

正和は、青木の妹に話した設定を、また使ってみる。

「うちの常連さんかな？」

「そうだと思います。青木さんってご存知ですか？　週刊誌の取材記者の」

「青木さん！　あんた、あの人の知り合いですか」

大根の皮を剝いていた包丁の手が止まった。

「ええ、そうなんです。同じ雑誌で仕事してました」

「そうかい。まさか青木さん、あんなことになるなんてねえ」

当然、その死を知ってるだろう、という口ぶりだった。

「ええ、まだ若いし、これから大きな仕事もできた方だったのに、ほんとに残念です。青木さん、最後の日、この店に来たんでしょう？」

「そうなんですよ。それでうちも警察に事情聴取ってやつをされてね」

店主は再び包丁仕事に戻る。しゃべりながらも、太い大根をくるくると回して、薄い幅に包丁を入れていく。

「青木さん、おひとりだったんですか？」

「いや、あの日は珍しく若い人を連れていたよ。お客さんと同じくらいの年頃だったかな。そこのテーブルで飲んでたよ。たまに、青木さんは仕事関係の打ち合わせをうちでやることがあったから、それだったんじゃないかな」

「相手はどんな人ですか？」

「どんな人って……そうだな、ひょろっと背が高かったっけ」

どきっとした。それはやっぱり創のことだろうか？

「ほかに何か特徴はなかったですか？　痩せてて猫背気味じゃなかったでしょうか？」

「さあ、あんまりちゃんと見てなかったしねえ」

「その人、青木さんと最後までいっしょだったんですか？」

「どうして、そんなことが気になるんです？」

怪しむというより、店主はどこか面白がってるような顔で正和を見ている。

「青木さんの最後がどうだったか、知りたいんですよ。最後に誰と、どんな酒を飲んだのかなって思って。最後の酒がいい酒だとよかったんですが」

「うーん、どうでしょうね。その人とは真面目な顔で話していたし、楽しい酒って感じじゃなかったな」

「それで、足下がふらつくまで飲んだんですか？」

「いや、その人は三十分ほど話すと、ひとりで店を出て行ったよ。それで、青木さんはこっちのカウンターに場所を移して、常連さんと飲み始めた。だけど、急に酔いが回ったみたいで、すぐに眠っちゃったんだ」

「青木さんが寝ちゃうのは珍しいですね」

青木と飲んだことはないが、正和はカマを掛けてみた。

「確かに、うちでも寝込んだのは初めてでしたよ。だけど、前日は徹夜したって言ってたから、よほど疲れていたんだろうって、寝かせておいたんですよ。一時間くらいしたら、常連さんが『いっしょに帰ろう』って声を掛けてくれた。その時もまだ眠そうで、足下もふらついてました。本人は『大丈夫だ』って言い張って、ふたりで店を出て行った。その常連さんとは交差点のところで別れたそうだけど、その人、嘆いていましたよ。『こんなことになるんなら玄関まで送り届ければよかった』って」

「そうだったんですね。……じゃあ、特に怪しいところはないんですね」

「あんたは事件かと疑っていたのかい？」

店主は探るような目で正和を見た。

「ええまあ」

「青木さんもそうだったな。ふつうの人が気にしないようなことを、さらに疑って掛かるところがあった。取材記者って人種は、そういうもんなのかね」

「まあ、それは確かに……」

「そりゃ、疑えばきりはない。青木さんは記者だから、隠していた秘密を暴かれて恨みに思うやつもいたかもしれない。それに、あの前日に大きな事件があったから、ちゃんと捜査してもらえたんだかどうか」

「大きな事件って？」

「ほら、新大久保の放火事件」

「ああ、そういえば」

　創の映像が流された日、テレビでもネットでもその話題で持ち切りだった。創の話題がそのために小さい扱いになってよかった、と思ったのだ。

「新大久保だとここと近いでしょ。同じ新宿区だし、あれだけ大きな事件だから、警察の人手もそっちに動員されただろうし」

「そんな風に思えるような何かがあったんですか？」

「聞き込みする態度がね、あんまり熱心じゃなかったんですよ。青木さんがしゃべっていた相手にも興味なさそうだったし。事故だという結論をさっさと出したいみたいだった」

　その言葉が、ずしん、と正和の胸に重く響いた。

　警察は忙しい。怪しいと思える決定的な証拠でもない限り、酔っぱらいが階段から落ちて死亡したことを、詳しく捜査することはないのかもしれない。まして、あんな重大事件の後では、取るに足らない事故に見えただろう。

「まあ、俺もお得意さんなくして、ショック受けていたからね。警察のことが薄情に見えただけかもしれないけど。……お客さん、もう一杯どうですか？」

「お願いします」

生ビールを正和の前に置くと、店主はつぶやくように言う。

「どっちにしても、警察ではかたが付いた事件だ。いまさら何を言ったって無駄。それに青木さんだって、これ以上詮索してほしくないかもしれないしね」

「詮索してほしくない、とは？」

「仕事柄汚いこともやってきただろうし、それをわざわざ遺族の目に晒すなんてことはねえ、いいことなのかどうか」

もしかして、それは自分に向かっての警告かもしれない、と正和は思う。これ以上嗅ぎまわってもいいことはない、と。

店主はそれ以上話そうとせず、仕込みに忙しそうにしている。正和もあえて話し掛けることはなく、黙って考えていた。

酒に強い青木が、足下がふらつくほど酔っていた。もし、青木が話していた相手に一服盛られたとしたら？

そして、検死でもそれを見逃されていたとしたら？

しかし、正和は自らの推論を打ち消した。

考えすぎだ。それに、もう葬式も済んでいる。事実がどうかは確かめようがない。

その後、常連さんが「開いてる？」と入って来たのをしおに、正和は店を出た。すぐに駅に戻る気がしなくて、青木の住んでいたアパートまで歩いてみた。昨日歩いた道を、覚えていたのだ。交差点を三つ越えたところを右に曲がって数ブロック歩いたところだ。アパートの前に来る。廊下側の手すりには「入居者募集」の看板が掛かっていた。これが昨日来た時もあったかどうか、正和は覚えていない。

階段のすぐ傍まで近寄って、二階の方を見上げた。

青木は酔っ払っていた。足下も怪しかった。アパートに辿り着いたところを、先回りして階段の上で待ちかまえていた創が、正面から強く青木の肩を突き飛ばす。

正和の目には、後ろ向きに階段から落ちて行く青木の姿が見えるようだった。どんな人間でも、その体勢では身体を支えきれない。手すりを掴もうとした手が空しく空を切り、そのまま転がり落ちて行く……。

背筋に悪寒が走った。日に日に暖かくなるいまの季節は日も長くなっている。六時を過ぎてもまだ明るい。

正和は頭を左右に振った。自分の想像を振り払おうとして。しかし、頭に浮かんだ映像は、なかなか消え去ってはくれなかった。

17

次の水曜日、早番の仕事が終わると正和は東京駅に行き、高速バスに乗った。夕方出発のバスなので、その日のうちに名古屋に到着する。翌日は休みなので丸一日名古屋で過ごし、帰りは夜行バスを使うつもりだった。今回戻ることにしたのは、つぐみと会って話をしようと思ったからだ。つぐみの名前がなぜ青木のノートにあったのか。それを知るのは怖い。だけど、知らずにこのままやり過ごすことはできない。

俺はもうこれですべて終わらせようと思う。青木のことも、創の本のことを考えるのも。俺には関係ないことだ。たとえ、俺の推理が当たっていたとしても、確かめようがない。警察が事故だと判断したものを覆(くつがえ)せる証拠は何もない。

それに、そういうことで頭をいっぱいにしてしまうことこそ、創の思うつぼだ。創は自分が注目されたい、と願っているだろうから。

地下鉄の終電に間に合い、自宅に着いた頃には日付が変わっていた。

遅くなるから先に休んでくれ、と母には伝えていたので、静かに玄関の鍵を開けた。玄関を入ってすぐ右手は母が休む和室、左手はダイニングキッチンだ。そっと左手のドアを開けると、奥のキッチンの電気が点いていた。

「あれ、おまえ」

正和の声に、びっくりした顔で振り向いたのは、弟の秀和だった。秀和と顔を合わせるのは、父の葬式以来だ。顔色は悪く、無精髭(ぶしょうひげ)が数センチ伸びている。髪は自分で切っているのか前髪が目に掛かるほどではないが、長さが不揃いで形が整っていない。着ているのはウエストのゴムが伸びかかったグレーのジャージだ。コップに牛乳を注ぎ、立ったままで飲もうとしていたらしい。

秀和が知りたいだろうことを、正和は先回りして答える。

「ちょっと確認したいことがあって、帰って来た。明日の晩帰る」

「そう」

うつろな目で秀和は答える。兄のことなど、まるで関心ないというように。何か弟の気を引きたくて、正和はついこんなことを口にした。

「おまえ、知ってる？　創が本を出したんだ」

秀和の表情を見る。驚いた様子はない。始終ネットを見ているから、創の告白本のことはもちろん知っていたのだ、と正和は思う。

「……」

秀和が何か言ったが、声が小さくて聞き取れない。

「俺は読んでみたよ。内容自体はたいしたことないけど、いろんなことを思い出した。紅葉山の秘密基地のこととか、祐が飼ってたタケルのこととか。創には二度と会いたくないけど、祐は今頃どうしているかな、と思うよ。あいつはいいやつだったし」

秀和の頬がぴくぴくっと動いた。不愉快に思ったのだろうか。

「悪かった。おまえには触れられたくない思い出だったな。それにしても、創はなんでいまさら十七年も前の話を蒸し返すのかな。おかげで俺のところにまた取材記者が来たよ」

「取材記者？」

「感想を教えてくれってしつこくつきまとわれたんだ。もっとも、その記者が事故で亡くなったんで、つきまといからは解放されたけど」

「そんなやつら、みんな死ねばいい」

秀和の声が、今度ははっきり聞こえた。

「あいつら、ハイエナだ。事件があると寄って来て、その関係者のプライバシーを暴いて飯のタネにする。道徳心の欠片（かけら）もない。この世から一掃されたら清々する」

「俺も、つい最近までそう思っていた。だけど、不思議なもんで、その記者の取材ノートが、いま俺の手元にある」

「なんで、そんなものが」

それまで無表情だった秀和の顔に、驚きの表情が浮かんだ。

「それがおかしな話でね。たまたま俺があいつのアパートを訪ねたら、妹という人が出て、俺に形見としてくれたんだよ」

「たまたま？」

「ほんと、偶然なんだ。やつにつきまとわれて名刺を渡された。それが職場の隣駅でさ、やつが死んだと聞いて、つい」

その時、ドアが開いて母が顔を出した。

「お帰り。遅かったね。本を読んで待っとったけど、うっかり眠ってしまったわ」

母の姿を見ると、秀和はさっと身をひるがえして二階へと戻って行った。顔を合わせたくない、という気持ちが露骨に見える。

「秀、相変わらずだね」

「そう、ずっと口も利かん」

「まだあれを根に持っているのか」

「仕方ないって。ずっと部屋にこもってるで、気持ちも変わらんのだわ」

三年ほど前のことだ。その頃の秀和は外出はできないものの、たまに階下に降りて来て、父や母と会話をするようになっていた。それで油断したのだろう。父は引きこもりの自立支援を助ける、というＮＰＯに依頼した。癌で余命宣告されていた父は、自分が死ぬ前に息子をなんとかしたい、と願ったのかもしれない。やって来た男は秀和の部屋の前で一時間ほど語り続けた後、強引に部屋に入り、秀和を連れ出そうとした。秀和は激しく抵抗し、もみ合いになった。結局父がそれを止めに入り、男は帰って行った。その一件以来、秀和は両親にもこころを閉ざした。完全に昼夜逆転の生活を送り、親が起きている間は決して階下に降りて来ようとしなくなった。

「それにしても、いつまでこの状態が続くのかねえ。私も、いつまで元気でおれるかわからんのに」

母は深い溜め息を吐く。俺がなんとかする、と正和は言えない。自分も安い給料で、カツカツの生活を送っている。父の死後、母にたまに仕送りはしているが、弟の面倒までみるゆとりはない。

だが、母が言うようにこのまま秀和が引きこもり続け、母が亡くなったらどうするのだろう？　俺が秀和の面倒をみることになるのだろうか？　母はその必要はない、と言う。

「おまえはおまえの人生を進みなさい。秀和のことは私がなんとかするから」

　その言葉に甘えて、正和は弟と深い関わりを持たずにここまできた。だからこそ、稀にこうして顔を合わせることがあっても、兄である正和を拒否することはない。だけど、これでいいのか、とも思う。思いながらも、どうすればいいのか結論は出ない。

「何か、食べたい？」

　母が思いついたように言う。

「いや、バス降りた後、立ち食いのきしめん食ってきたから大丈夫」

「お風呂入る？　沸かせばすぐに入れるよ」

「いいよ。夜遅いし。俺もう寝る」

「そう」

　しかし、母はまだ部屋に戻ろうとしないで、何か言いたげに立っている。

「何か用？」

「いえ、いままでうちに帰りたがらなかったあんたが、急に帰って来るようになったけど、何かあったのかな、と思って」

「たまたま用が重なっただけなんだけど……迷惑？」

「迷惑なんてとんでもない。あんたがうちに来てくれるのは、いつでも歓迎なんだけど……なんか変なことに首を突っ込んでるわけじゃないよね？」

「変なこと？」

「何かわからないけど、十七年前のことがまた騒がれてるし、あんたの方にも何か影響あったんじゃないかと」

正和はどきっとした。さすがに母は鋭い。当たらずとも遠からずだ。

「確かに、十七年前に関わることをちょっと調べたりしてるけど、全然危ないことじゃないよ。明日会うのはクラスメート。聞きたいことがあってさ」

「もう昔のことだし、あんたにも嫌な思い出でしょう？　いまさら蒸し返しても仕方ないじゃない」

「わかってる。たぶん、明日クラスメートに話を聞いたら、それで終わりになると思う。ひとつだけ、どうしても確かめたいことがあるんだ」

「どんなこと？」

「それはちょっと……。でも、危ないことじゃない。それだけは間違いないから」

母は深い溜め息を吐いた。仕方ない、というように。

「じゃあ、気をつけて。私ももう寝るわ」

「おやすみなさい」

「おやすみ」

母は部屋へと戻って行く。正和も二階の自室へと上がった。部屋に入ると、本棚の前に立った。高校入学でこの家を離れるまでの自分の趣味がそのまま残っている場所。

そのいちばん上の段の真ん中に、つぐみが返してくれた『猫の地球儀』が立ててある。

それを取り出して、正和はぱらぱらとめくった。

この本をつぐみは俺に返そうとずっと思っていてくれた。それは事実だろう。俺に会おうと思ったのは、青木に頼まれたからじゃない。本人の意志のはずだ。

そう思ったが、気持ちはすっきりしない。なぜ、あの時だったのだろう？　返すチャンスはそれまでにもあったはずなのに。

もやもやした気持ちで本棚を見る。その当時は自分なりに考えて並べていたはずだが、書店員になったいまの目で見ると、いい加減な並びに見えた。ジャンルはばらばらだし、作家順でもなければ版元順でもない。自分のいまの気持ちのように、とりとめがない。

正和はいちばん上の段の文庫を取り出して、並べ替えを始めた。何もしないよりは、本棚の整理でもすれば気がまぎれるだろう。

一番上の段は文庫やコミックなど小型本ばかりなので、奥行きが余る。それで前後二列に並べてある。後列はあまり親に見られたくない本を置いていたはずだ。中学三年なんて、エロにいちばん関心ある頃だしな。どんなものを買ってたんだっけ。

前の列の本をどけると、後列のタイトルが見えた。陰獣だの処女だのいかにもエロ、とわかるものが何冊もある。エロではないが、浦沢直樹とか鶴田謙二などいわゆる青年コミックに区分されるものも並んでいた。

あれ、中学にはもうこういう漫画を読んでいたんだっけ。青年コミックは高校に入ってから読み始めた、と思ってたんだけど。

なんとなく変な気がした。青年コミックに興味を持ったのは、高校二年の時、近くの本屋でたまたま士郎正宗の『攻殻機動隊』のコミックを買ったのが最初だと思っていた。ＳＦ研究会の友人が面白いと言ったので、買ってみたのだ。

なんでそんな思い違いをしていたんだろう？　本や漫画のことについてはちゃんと記憶している、と自負していたんだけど。

さらに、後ろの列に何冊かぽっかり空いた空間があるのにも気がついた。単行本にして五冊か六冊分の隙間だ。

こんな風に、後ろの列が空いているのは気持ち悪い。本は棚の後ろの列から詰めるというのは鉄則なのに。なんでここに本がないんだろう。以前はあったものを、捨ててしまったんだろうか？

その時、急に頭痛が始まり、頭がぼーっとしてきた。昔を思い出そうとする時、しばしば起こる症状だった。正和は本を片付けるのをやめ、ベッドに寝転がった。

こうなると、何をやってもダメだ。治まるのを待つしかない。目を瞑り、考えるのをやめた。そうして、いつのまにか正和は眠りに落ちていた。


翌日、自転車に乗って、正和はつぐみとの待ち合わせの喫茶店に向かった。時間より少し早めに着いたので、まだつぐみは来ていない。店内を見渡せる奥の座席に座った。

つぐみに会って、なんと言おう。青木と接点があったのか、ちゃんと聞き出せるだろうか。どういう順番で話したら、つぐみが素直に答えてくれるだろうか。

考えがまとまらないうちに、つぐみの姿がガラス張りのドアの向こうに見えた。正和に気づくと、にこっと笑う。店に入るとまっすぐ正和のところに来た。まるで、正和に対しては何のやましいところもない、というように。

「こんにちは。まさかこんなに早くまた会えるとは思わなかった」

「うん、俺も」

いつものつぐみだった。穏やかな笑顔だ。そこにウエイトレスが来たので注文をした。ふたりとも珈琲を注文する。

「メールもらってびっくりした。急な用って、何？」

いきなり本題を切り出されて、俺は覚悟した。遠巻きに聞いても仕方ない。

「加藤さんに聞きたいことがあったんだ」

「どういうこと？」

つぐみの目はまだ微笑みを湛えている。

「俺、ある人の取材ノートをもらったんだ」

「取材ノートって、誰の？」

「『週刊トレンド』の創の連載を書いてた記者」

つぐみの表情がさっと変わった。俳優が舞台から降りて素に戻るように、急に表情から柔らかいものが消えた。

「なんでそんな人のノートを椎野くんが？　青木のことは嫌ってたんじゃなかったの？」

そう言った後、つぐみがしまった、という顔をした。俺は青木と接点があったこと、青木の名前を知ってることすら、つぐみには話していない。

「俺より、加藤さんの方がなぜ青木を知ってるの？　青木に取材受けたの？」

つぐみが何も答えないことが、正和の質問への肯定だとわかった。

「あの事件の後、青木は俺につきまとっていた。名前こそ出さなかったけど、隣に住んでいる幼なじみが共犯だ、というガセネタを最初に記事にしたのも青木だ。だけど、正直青木のことなんてずっと忘れていた。あの日、東京に帰るバスの中であいつに会うまでは」

そこにウエイトレスが来て、注文した珈琲をふたりの前に置いた。その作業をふたりとも黙って見ている。ウエイトレスが立ち去った後、正和は話を続けた。

「青木のノートを手に入れたのは偶然だ。青木が死んだと聞いて、あいつの住んでいたところを見に行ったんだ。うちの職場から近かったんで、ほんの好奇心だったんだけど。そこで遺族に会った。遺族は俺を青木の同業者だと勘違いして……形見のノートを俺にくれたんだ。何か役に立つかもしれないって」

つぐみは顎（あご）を引き、上目遣い（うわめづか）いでにらむようにこちらを見ている。つぐみがこんなに厳しい顔をするとは知らなかった。

「ノートには取材協力者のことが書かれていて、加藤さんの名前もあった」

正和は珈琲を一口飲んでから、話を続けた。

「どうして青木に協力したの？　マスコミのことは嫌っていたんじゃないの？」

つぐみの指は神経質そうにテーブルの紙ナプキンを触っている。

「あの頃の過激な報道で傷ついたのは俺だけじゃない。加害者の同級生ってことで追い掛け回され、嫌な思いをしたのは加藤さんも同じだろう？　それなのに、なぜ」

「なぜって、お金のためよ」

無表情で答えた声は、ぞっとするほど冷たかった。

「母が病気になったのでお金がいるの。うちは母と私しかいないから」

「でも、加藤さんは瑞穂図書館の司書なんだろ？　公務員じゃないの？」

「何年勤めても、結局正職員にはなれなかった。資格を持ってても関係ない。このままでは正職員になることは一生ない。それがわかったから、親の入院費を稼ぐために司書を辞めた。いまでは介護施設で働いている。そっちの方が給料もいいから」

今度は正和の方が黙る番だった。つぐみの柔らかな笑顔の裏に、そんな苦労があったなんて。能天気に本の話をしていた自分を、つぐみはなんて思っていたんだろう。

「そんな時、青木に声を掛けられたの。取材に協力してくれたら、お金を払う。協力っていっても、法に触れるようなことはしなくていい。私が知ってる同級生の、ちょっとした情報を教えてくれればいいって」

「それは……俺のこと？」

「椎野くんだけじゃない、ほかのクラスメートの連絡先も聞かれたわ。私、地元にずっといるから、いまでも繋がりのある人間は多いし」

「連絡先だけ？」

「ほかの人はね。椎野くんについては、いまどうしているか、本を読んでどう思ったかを聞き出してほしい、と言われたの」

「なぜ俺だけ？」

「さあ。正直なところほかの人は口実で、青木は椎野くんのことだけ知りたかったんじゃないかと思う」

「どうして？　まだ俺が共犯とでも思っているんだろうか？」

「どうだろう？　だけど、椎野くんは藤木といちばん親しかった人間だし、記事にならなかったことも知ってるはずだ、って青木は言っていた」

「記事にならなかったことって？」

「なぜ紗耶香が犠牲者に選ばれたのかってこと」

「俺がそれを知ってるだって？」

　急にずきん、と頭に鈍い痛みが走った。これ以上、そのことを考えると、きっと意識が遠くなってしまう、と直感的に正和は思った。左手をぎゅっと握りしめ、掌に爪を食い込ませた。痛みで頭がはっきりするように。

「正直、私もそれが知りたかった。青木に協力しようと思った理由の半分はそれ」

「そんなこと……俺にわかるわけがない」

「ほんとうに？」

つぐみは探るような目で正和の目を見る。正和はその視線を受け止めながら断言する。

「そんなこと隠してどうする？　知ってたら話しているよ」

「椎野くん、事件発覚の頃の記憶がないって言ってたじゃない。それは思い出したくない何かがあるんじゃないの？」

そこを衝かれると何も言えない。記憶がない理由は、自分でもわからないからだ。

「なんで青木がそこまで椎野くんに固執するかわかる？　藤木創が紗耶香を裏山に呼び出した時、『椎野がそこで待っている』って言ったのだそうよ」

頭の痛みが増す。このまま意識を手放してしまいたい誘惑と、正和は必死で闘っていた。

「ほんとに？」

「そう供述したんですって。当時未成年だったあなたの名前を出すわけにはいかないので、警察発表では伏せられていたそうだけど」

「なぜ俺の名前が？　俺は別に田上さんと親しかったわけでもないのに」

田上紗耶香。透けるような色白の肌と黒目がちな瞳が印象的な、クラスのマドンナ。憧れている男子は多かったが、ひとつ年上の高校生とつきあっている、という噂もあった。紗耶香にまとわりつく雰囲気、まわりからひとりだけ浮き出たような大人っぽさは、その噂に信憑性(しんぴょうせい)を与えた。そして、彼女が殺された時、みんなはっきり口にはしなかったものの、同じことを思っただろう。あの色気が犯人の目を引いたのだろう、と。

「あの子はね、自分がもてると知っていた。だから、クラス中の男の子の関心をひきつけずにはいられなかった。だけど、あなたはそうじゃなかった」

「そうかもしれない。……俺はほかに好きな子がいたし、田上さんのようなタイプが俺に関心を持つはずがない、とわかっていたから」

その、好きな子、というのがほかならぬつぐみだ、とは口にできなかった。

「当時、あなたと私の仲の良さが噂になっていた。私と紗耶香は友人だったけど、私がクラスの誰かとうまくいくことが、彼女は気に入らなかったみたい。自分は誰よりもモてる、と思いたかったのね。だから、藤木の呼び出しに応じたんだと思う」

「それは……」

頭の痛みは続いている。なんと言っていいかわからず、正和は口ごもった。

「冷たい言い方だと思うでしょ？　でも、それが事実。覚えていない？　事件の前日、私とあなたが自分たちの席で本の話で盛り上がっていたら、紗耶香がさりげなく割り込んで来たことを。数学を教えてくれ、と言って問題集を持って来たの」

「そんなこと、あったっけ？」

受験前、クラスの子に問題の解き方を教えてほしい、と頼まれることはよくあった。人に教えるのは自分の勉強になるし、クラスメートに頼られるのは嬉しかった。だから、聞かれたら誰にでも教えていたので、彼女だけ特別扱いしたわけではない。

「椎野くんは気づかなかった、と思う。仕方なく私が席を譲るために立ち上がった時、紗耶香がちらりとこちらを見た。その時の紗耶香の勝ち誇ったような目。あなたの関心を私から奪ったことを、あの子は喜んでいたのよ。私があなたに好意を持っていることを知っていて、わざとそうしたの」

ぼんやりする頭ではちゃんと理解できない。ふたりは親友だったのではないのか？　そして、つぐみも俺のことを好きだったというのだろうか。

こんなかたちで告白されても、なんの喜びも甘い気持ちも湧いてこない。苦い想いが浮かぶだけだ。たぶん、つぐみも同じだろう。

「いたたまれなくなって、私は教室を出た。そこでばったり藤木創と会った。その時、いきなり聞かれたの。『椎野正和が好きな子って、あんた?』って」

なぜそんなことを創が聞いたのか、正和には見当もつかない。

自分に対する嫌がらせ? まさか。

「藤木創とは二年の時に同じクラスだったけど、そんなことを聞かれる筋合いはないと思ったし、割り込んで来た紗耶香にも腹を立てていた。それで、つい言ってしまったの。『私じゃないわ。田上紗耶香の間違いじゃない?』って」

ふと気づくと、つぐみの目から涙がぽろぽろと流れ落ちていた。

「言わなきゃよかった。紗耶香が殺されて、藤木創が逮捕されてから、何度そう思ったかわからない。もしあの時、紗耶香の名前を出さなかったら、紗耶香は殺されていなかったかもしれない。……だけど、私が言わなかったら、殺されていたのは私の方だったかもしれないって」

涙はとめどなく流れ落ち、つぐみの膝を濡らした。しかし、つぐみはそれをぬぐおうともしなかった。その真剣さに打たれて、正和は何も言えずにいる。

「誰にも言えずに、ずっと悩んでいた。だから、藤木創の本が出たと知った時はほんとうに衝撃だった。なぜ田上紗耶香を犠牲者に選んだのか、そこに書かれてあるかもしれない。私の言ったことが明るみに出る。それを恐れる気持ちと、同時にほっとする気持ちもあった。……これで、隠し続ける苦しみからも解放されるって」

これはつぐみの告白なのだ、と正和はようやく気がついた。誰かに……それも当時のことを知っている俺、かつて好きだった相手に聞いてほしかったのだ。

「だけど、それが原因とは限らないだろ。創はもともと田上さんに目をつけていたかもしれないし」

「そう、それはわからない。私のせいじゃないかもしれない。だけど、私のせいかもしれない。藤木の気持ちはわからない」

「創が俺の好きな子を殺そうとしたのなら、俺を憎んでいたからということになる。俺はそこまで創に憎まれていたとは思わない」

そう、事件の直前まで、創の俺に対する態度は変わらなかった。共犯だと疑われたけれど、創自身で共犯説を払拭させた。それには、いくらかは俺に対する好意のようなものがあったのだ、と信じていた。

「じゃあ、なぜ藤木は紗耶香を呼び出す時、椎野くんの名前を使ったの？　椎野くんに関係がある人間を犠牲者に選ぼうとしたのは、間違いないんじゃないの？」

頭の痛みは薄れていた。しかし、涙を流しながら問うつぐみに、正和は掛ける言葉がなかった。何を言っても慰めにはならない。ただただ黙って、つぐみの前で座っていた。

その後も会話は弾まなかった。気まずい気持ちを抱いたまま、つぐみは店を後にした。正和はすぐには動けず、椅子に座っていた。

もしかしたら、つぐみに会えるのはこれが最後かもしれない。ふとそれが頭に浮かんだ途端、正和の胸はずきっと痛んだ。つぐみと再会してから、こころがずっと浮き立っていた。それがどれだけ大事なものだったかを、いまになって思い知る。

つぐみの告白を聞いてしまった以上、いままでのように会ってはもらえないだろう。会えるとしたら、俺がつぐみの疑念を晴らしてやることができた時だけだ。

やはり創と会おう、と正和は強く思った。ここまで巻き込まれてしまった以上、会わずにはいられない。会って確かめたい。青木が知りたがっていたこと、あの本はどうやって書かれたのか。そして、書かれなかったこと、つぐみが俺に偽ってまで知りたかったこと、なぜ田上紗耶香を犠牲者に選んだのかを知るために。

そして、何より自分自身のために。いままで避けてきた過去。思い出すのを恐れていたものの正体について確かめたい。十七年経ったいまなら、それに耐えられると思うから。

正和はリュックの中から青木のノートを出そうとした。確認したいことがあったのだ。しかし、リュックの中にはノートはなかった。ほかの荷物を全部出して確かめたが、ノートは出てこない。

おかしいな。昨日の夜、ここに入れたはずだけど。俺の勘違いだっただろうか。

何度確認しても、ノートは見当たらない。正和は立ち上がってレジで精算すると、自転車を全速力で飛ばして家に帰った。そして、そのまま二階の自分の部屋へ直行する。ドアを開けた途端、ベッドの脇に落ちているノートが目に入った。

よかった。やっぱり入れ忘れたんだ。

安堵の気持ちを覚えながら正和はぱらぱらめくり、目当てのページを開いた。創の母親がいる老人介護施設の名前が載っているページだ。「ゆうあいホーム桜台」という名前を確認し、ネットで検索を掛けると、すぐに施設の情報が出てきた。そこは介護付き有料老人ホームだ。ネットで見る限り、思ったよりも立派な、お金の掛かりそうな施設である。入居一時金は一千万もするという。そこに書かれていた電話番号に掛けてみた。

『はい、ゆうあいホーム桜台です』

明るい声で返事があった。感じのいい、歯切れのいい発声だ。

「あの、そちらに尾崎恵子さんが入居されていらっしゃいますよね」

『尾崎さん？』

名前を聞いた途端、職員の声がよそよそしくなった。

『どういったご用件でしょう』

「あの、私、尾崎さんの古い知り合いなんです。そちらに面会に行きたいんですが、面会時間を教えていただきたくて」

『尾崎さんのご家族から、恵子さんの面会についてはご家族の同席がない限り、すべて断るようにと言われています』

「それはどうして？」

『尾崎さんについては、いろいろとご事情がありますので。……以前も、身内のふりをして訪ねて来たマスコミがいましたし』

青木のことだ、と正和は思った。創の名前を出した途端、尾崎恵子が暴れて騒ぎになった、とノートに書かれていたのだ。

『ですから、もしいらっしゃるのであれば、ご家族の方に連絡を取っていただいて、それからにしていただきたいのですが』

「あの、息子さんの方に連絡取ろうと思ったのですが、電話番号がわからなくて。教えていただけないでしょうか？」

『個人情報ですから、申し訳ないですがそれもお答えしかねます』

明らかに早く電話を切りたい、という態度だった。お礼を言って、正和は早々に電話を切った。次の手掛かりは、創の弟の祐の勤務先だ。祐の住所は緑区M町までしか書かれていなかった。M町を一軒ずつ訪ねるわけにもいかない。勤務先からあたるしかない。それもネットで検索して、電話番号を調べた。

『植松造園です』

「あの、そちらに尾崎祐さん、いらっしゃいますか？」

『ああ、尾崎くんね。前はおったんだけど、もういまはおらん。うちの仕事、辞めたから』

「えっ、それはいつですか？」

『二ヶ月くらい前になるかな』

「それはどうして？」

『世の中には、あれこれ言いたがるやつがおるでね。俺は噂なんて気にすることない、って言ったんだわ。大事なのは本人だし、そんなことで辞めるなんてもったいないって引き留めたんだけど』

「それは……お兄さんの件ですか？」

『あんた知っとるの？　まあ、噂がほんとか嘘かわからんけど、あいつは真面目なやつだから、また変な記者がやって来て、こっちに迷惑掛けるかもしれないって心配しとった。そんなこと、うちは平気だって言ったんだけど』

記者、つまり青木がここに来たことで騒ぎになった、ということか？

『本人がそう言うってことは、噂はほんとだったのかねえ。残念だわ。腕もいいし、この仕事にも向いとると思っとったけど』

「それで、いま尾崎さんはどちらに」

『さあ、わからん。住んどるところも、近いうちに引っ越すと言っとったし。落ち着いたら連絡くれ、って言ったんだけど、嫌な思いをして辞めとるもんでねえ。もうこっちには連絡くれんと思うわ。……あ、ちょっと待って、電話中』

電話の向こうで誰かが呼ぶ声がしていた。仕事の用件のようだった。それ以上聞くこともないので、正和はお礼を言って電話を切った。

創に繋がる糸はこれで切れた。完全に手詰まりだ。創も、その家族も、自分の手の届かないところにいる。もう、会える見込みはない。

いや、ひとつだけある。これはあんまり使いたくなかった手だけど。

正和は鞄の中から名刺入れを出す。そして、名刺の束の中から一枚を取り出した。

18

「こんにちは。今日はお時間を取っていただいて、ありがとうございます」

「いえ、うちの会社は椎野さんにとてもお世話になっておりますから。でもまあ、私もこの後打ち合わせがありますので、長く時間は取れないですけど」

内心ではあまり愉快に思っていないはずだが、仕事柄こういうことにも慣れているのか、愛想笑いを浮かべながら相手は返事をした。

「いえ、そんなに長居はしませんから」

正和が会っているのは、創の告白本の担当編集者である久我だ。書店大賞の授賞式で会った時に貰った名刺のアドレスに、直接メールを送った。そして、東京に戻った翌日、久我に会いに来たのだ。

「それで、椎野さんが聞きたいことってなんですか?」

世間話もなく、相手は単刀直入に聞いてきた。それで、正和も率直に尋ねる。

「メールにも書いたんですが、あの告白本のことで聞きたいことがあって。……あの本は、ほんとうに死我羅鬼本人が書いたのですか?」

「もちろんです。ゴーストライターでは本にする意味がないでしょう?」

「死我羅鬼が本人かどうか、どうやって確認されたんですか?」

「そんなこと、どうして気になるんですか?」

迷惑というよりは好奇心で久我は知りたそうである。

「実は私、死我羅鬼潔、つまり本名藤木創の同級生だったんです。自宅も近所だった」

　予想外の答えだったのか、久我は口をぽかんと開けている。

「あの事件がどれだけ私たちに衝撃だったか、わかりますか？　被害者も加害者も同級生。悲しみと恐怖で、混乱状態でした」

「それは……お察しします」

　さすがに久我も愛想笑いを止め、神妙な顔つきになっている。

「なぜ彼があんな事件を起こしたのか。自分たちに止められなかったのか。どうして被害者は彼女だったのか。正直、いまでも我々同級生は悩んでいます。だから、告白本が出た時は腹が立ちましたが、同時にこういう疑問に答えてくれるかもしれない、という思いを抱きました。だから、あれが本人のものかどうかは、とても大事なことなんです」

「そうでしたか。そういう事情がおありだったんですね。どうりで最初お会いした時、とげとげしい話し方をなさる、と思いました」

　バレていたか、と正和は内心舌打ちする。隠そうとしても、人の感情はなかなか消せるもんじゃない。こっちの反感はお見通しだった、というわけだ。

「だったらお話ししますが、死我羅鬼が最初に我々に接触してきたのはメールでした。うちの社長宛てに直接売り込んできたんです。それで社長と私で会うことにしました。会う時に、実はいくつかの質問を用意しました。公(おおやけ)には知られていない、本人でないと答えられないようなことです」

「どうやってそんな質問を用意できたんですか？」

「うちの社長は顔が広くて、あの事件の関係者にも繋がりがあるんです。……まあ、それで本人だって我々も確信しました」

「質問だけで？」

「そうですね。それもありますけど、私などはその風貌(ふうぼう)とかしゃべり方を見て、こういうやつか、と納得したんですよ。……妙に自信家というか、俺はほかの人間とは違うって思っていることが透けて見えました。コンプレックスの強い人間はえてしてそんな態度を取るものですが、そういうのともちょっと違う。……なんと言ったらいいかなあ、別に自己アピールをするわけじゃないんだけど、強烈な自意識を感じるんですよ」

強烈な自意識。あいつはそういうやつだっただろうか。それとも、事件があいつを変えたのだろうか。映像で観た創は、そんな風には感じなかったけど。

「それで……原稿を書くのに、彼はどれくらい時間が掛かったんですか？」

「相手は素人ですからね。それなりに掛かりましたよ。初稿が上がるのに半年。でも、初稿そのままではとても本にできる状態ではありませんでした。それで、その原稿を元にいろいろメールでやり取りして、修正を入れてもらいました。その修正に二ヶ月くらい掛かったかな」

「二ヶ月ですか」

「最初の原稿から考えると、直しは早かったですよ。自分が書いたものに自信があったみたいで、最初はあぁだこうだ理屈つけて、直すのを嫌がっていたんです。でも、いざ直しに掛かったら、こっちの指摘を全部反映させているし、出来もよかったですね。そのまま決定稿になりました」

やはり、青木の推理は当たっているようだ、と正和は思う。原稿の直しには、誰か別の人間の手が入っている。二ヶ月で急に筆力が上がるなんて思えないし、プライドの高い創が急に素直になるとも思えない。

「その……直す前の原稿を見せてもらえますか？」

「さすがにそれはちょっと。本人の許諾がない限りはできません」

いい加減なタイプかと思われたが、一応編集者としてのモラルはあるようだ。

「それで、……その直しも藤木本人がやった、と思いますか？」

正和の質問を聞いて、久我の目が動いた。斜視でいつもは定まらない右目の視線が、正和の方に向いている。

「なんでそんなことを聞くんですか？」

「最初に書いたのは藤木だとしても、直しは別の人間が書いたということもありますよね」

「うちとしては、あくまで死我羅鬼本人とやり取りしてましたし、そう信じて本を出しています」

久我の表情は読みにくい。怒っているのか、面白がっているのか、よくわからない。

「だけど、そういう可能性がないわけじゃないでしょ?」

「そりゃ、ないとは言えません。メールだけのやり取りですしね。作家が作品を書く時、自分の身近な人間の意見をどれくらい参考にしているかなんて、担当編集者にもわからないし、わかる必要もないですよ。それに、個人名で出していても、実はふたりの合作なんてよくあることでしょう?」

「今回の場合はそうはいかないでしょう? 殺人鬼本人の告白っていうのが売りの作品なんですから」

「ええ、そうです。うちは本人が独力で仕上げたと信じています。そのために会社としては生活費として前払い金を渡すなど、協力もしました。もし、本人が書いたのではなかったとしたら、うちも死我羅鬼に騙されたってことです」

なるほど、そういう理屈か、と正和は思った。原稿を創が独力で書いたかどうかなんてことは、久我にはたいした問題ではないのだ。殺人鬼の告白本としての体裁に足るものであればなんでもいい。あくまで創の作品として押し通す。もし、それがほかの人間が書いたものだと世間に知られたら、自分たちも騙された、と言い張るのだろう。

「藤木とは、原稿を書いた後は会ってないのですか？」

「ええ。最初に打ち合わせした時だけ。本人があまり出歩きたくない、と言ってましたし」

「本ができた時、直接渡さなかったのですか？」

「指定された住所に送りました」

「じゃあ、宣伝に使った映像はどうしたんですか？　久我さんが撮影されたんじゃないんですか？」

「違います。あれは本が完成した後、本人から送られてきたものです。宣伝に使ってくれって」

「久我さんが撮ったものではない。すると」

正和は映像を思い浮かべていた。誰かが質問して、それに創が答えていた。それに、カメラは固定ではなかった。途中で手のアップになったりしたから、カメラマンがいたはずだ。ということは、映像を撮るのには協力者がいたのは間違いない。

それは誰だろう。

「まあ、こっちも驚いたんですけどね。そんなことする作家は滅多にいませんから。したたか、っていうか、商売上手というか」

「それはおたくも同じでしょう。『魔女の墓標』のコミックを仕掛けるなんて、なかなか思いつきませんよ」

「いえ、実はそれも死我羅鬼本人からの提案だったんですよ。それだけじゃなく、漫画家の現在のペンネームまで知っていたんです」

「どうして、それを？」

天神のインタビューの後、現在の状況について、いろんな憶測が出た。しかし、いまだに誰という確定はされていない。本人もその後、コメントを出していない。

「ネットでいろいろ調べて発見した、と言ってました。相当のマニアですね、あれは」

なんとなく違和感を覚えた。創はそれほどコミックにもネットにものめり込むタイプではなかった。その提案は本人ではなく、もうひとりの誰かが考えたのではないだろうか。

「ほかに、何か聞きたいことはありますか？」

久我はわざとらしく腕時計をちらっと見た。自分は忙しいのだ、という無言のアピールだ。同時に、ブランドものの高級時計を正和に見せつけたかったのかもしれない。

「あとひとつだけ、お願いがあるんです」

「なんでしょうか」

「藤木創の住所を教えてください。あるいは、メールアドレスを」

「それはさすがに……」

「あるいは、メールで取り次ぎをお願いできませんか？　私の方にメールを寄越すように、って」

「うーん、それもねえ……」

下手に取り次いで、創の機嫌を損ねることを恐れているのだろうか。そう思った正和は攻め方を変えることにした。

「ところで、例の新刊の件はまかせてください。きっと評判になるように仕掛けますから」

久我との約束を取り付けるために、久我が担当する新刊の売り出しに協力することを正和は申し出たのだった。正和の名前は書店関係者には知られているし、発言力もある。だから、味方につけたいと思う版元の人間は少なくない。その下心を利用したのだ。

「ですから、こちらの方も聞いていただけないでしょうか」

それを聞いて久我の目が光った。いいことを思いついた、というように。

「さすがに著者の住所やメールを、本人の許可なく教えることはできません。職業倫理上の問題がありますので」

職業倫理などという単語が、この男の語彙にあるのか、と正和は思う。しかし、久我は言葉を続ける。

「ですが、私、ちょうど藤木創宛てに増刷分の見本を送るところでした。これからここでその作業をします。そこにたまたまあなたが居合わせて、たまたま見てしまったとしたら、それは不測の事態ですし、仕方ないことですね」

つまり、自分がこれから住所を書くから、それを見ておけ、ということだ。それなら教えたことにはならない、というのが久我なりの理屈らしい。

わかった、というように、正和は黙ってうなずいた。

19

男はこちらに向かってゆっくり歩いて来た。瞬間、逃げ出しそうになるのを、正和は大きく息を吐いて踏み留まった。いま自分がいる場所は、階段脇の柱の陰だ。

相手からは死角になっているはずだ。そう思っても、胸がどきどきするのを止められなかった。

男の顔が見える。感情を押し殺したような無表情な顔だ。体つきはほっそりしているが、意外と筋肉がついている。自分の部屋のドアの前に来ると、ポケットから鍵を出し、ドアの鍵を開けた。その瞬間、隠れている場所から出て来て、正和は声を掛けた。

「やあ」

表情は崩さないが、男の眉がぴくっと動いた。正和も無言のまま、相手の顔を見る。そして、かつての面影を探す。十七年の歳月で変化する前の姿。もともとこの男が持っていたはずの素の顔……。

ひょろっとした長身、長すぎる手足を持て余すように背中を丸めたその格好。彫刻刀でまっすぐ刻んだような切れ長で一重瞼の目元、細い鼻筋、薄い唇。

その造形よりも、表情に胸を衝かれた。暗い、やるせないという気持ちが張り付いたような顔だった。年齢よりずっと老けて見える。

「おまえ、苦労したんだな」

思わず、そんな言葉が口をついて出た。

相手は息を呑み、表情が歪んだ。泣き出しそうになるのを、こらえるように。

「久しぶりに会えて嬉しいよ、祐」

創ではない、目の前の男は創の弟の祐だ。顔を見てわかった。太っていた頃と面変わりしているが、気の弱そうな目元は変わらない。創は吊り目でとげとげしい印象を与えた。

「どうしてここがわかった」

祐は驚いてはいなかった。こうなることを予測していたかのようだ。

「話は長くなる。部屋に入れてくれないか」

祐はあきらめたような顔で、入れ、というように顎を動かした。

間取りは六畳一間の和室に狭いキッチン。家具はキッチンの冷蔵庫のほかは和室にカラーボックスがふたつと机があるだけ。机の上にはノートパソコンが載っている。カラーボックスの片方には食器やカップラーメンなどの食料の買い置きが詰め込まれている。もうひとつの上二段には衣類が畳んで重ねられているが、下の段には漫画が何冊か重ねられ、その上に色褪せたゲームボーイカラーと、『ポケットモンスター銀』『ドラゴンクエストⅠ・Ⅱ』『スーパードンキーコングＧＢ』のカセットが散らばっていた。

あとはがらんとして、壁の広さがやけに目立つ。部屋に温かみをもたらしたり、住人の趣味を表すような飾り付けは何もなかった。

「座るぞ」

そう断って畳の上に腰を下ろし、壁にもたれた。相手が祐だったから、正和は安心している。創であれば警戒するし、さすがに一対一で会おうとは思わなかっただろう。

久我に教えられた住所は、青木のノートにあった祐の住所と同じ緑区M町だった。それで、祐が一枚嚙んでいることを確信した。

考えてみれば、当たり前のことだ。創の協力者、友だちのいない創が、唯一自分の思い通りに動かせる人間。金目当てでなく、決して裏切らない人間といったら、身内の祐だけだろう。子どもの頃からの力関係で、創に協力を要請されたら、祐は逆らうことができないはずだ。

「コーラでいい？」

そう言いながら、祐は冷蔵庫から500㎖のペットボトルを出し、マグカップに注ぐと正和に手渡した。

「グラスがなくてごめん」

律儀に謝るところも、祐らしい、と正和は思う。創だったら、そもそも飲み物を出すこともしないだろう。祐はもうひとつのマグカップに自分の分のコーラを注ぐと、正和から少し離れたところに座った。

「ずいぶん殺風景な部屋だな」

「いつまでここにおられるか、わからんから」

あきらめたような声。創の弟と知られた途端仕事を辞め、引っ越しをする。それもおそらく一度や二度ではないのだろう。だから、部屋代にお金を掛けるのはもったいないし、家具も最低限でいい、ということなのだ。

「おまえ、造園の仕事をしているんだって？　昔は植木や庭に興味があると思ってなかったから、ちょっと意外だった」

「俺、そんなに頭よくないけど、身体動かすことは苦にならんから、なんか技術を身につけたいと思ったんだ。やってみたら結構自分に向いていた。植物は人間と違って裏切らないし、手を掛けた分、ちゃんと応えてくれる」

「いまは……働いてないのか？」

「求職中。名古屋じゃない方がみつけやすいかもしれんけど、かあちゃんがいるからこっちから動きたくないし」

「おばさんのこと聞いたよ。大変だったな」

「施設に入れることができたから、とりあえずは安心だよ。俺よりよほどしっかり面倒みてくれている。まあ兄（にい）はどうしてた？」

そう呼ばれて正和はドキッとした。祐は実の兄のことを兄貴、正和のことはまあ兄と呼んでいたのだ。

「俺は書店で働いている」

「東京にいるんだろ?」

「どうして知ってる?」

「その昔、かあちゃんから聞いた。かあちゃんは、まあ兄のおばさんと連絡取り合っていたから」

正和には初めて聞く話だった。あれ以来、母は藤木家のことを口にしたことはない。まして交流があるとは、ひと言も言ってなかった。

「書店員って、まあ兄にぴったりだね。昔っから本好きだったもんね」

正和はおかしな気持ちになった。旧交を温めるために祐に会おうと思ったわけではないのに、自然とそういう流れになってしまう。やっぱり幼なじみなのだ、祐は。

胸の奥から溢れ出る温かい感情を抑え込むように、正和はマグカップのコーラを喉に流し込んだ。

「でも、よくここがわかったね。誰にも教えていないのに」

「出版社から届く荷物はここ宛てになっていただろ?　もっとも、出版社の人間は祐の家でなく、創の家だと思ってたみたいだけど」

祐の表情がみるみる強張(こわば)った。正和はさらに畳み掛ける。

「創はどうした？」

祐は時間を稼ぐようにコーラを飲み、それからおもむろに答えた。

「やつは出て行った」

つまり以前は一緒に住んでいたということだ、と正和は解釈した。

「それはいつ？」

「金ができた時」

「それはつまり、出版社の印税が入った後、ってことか？」

「そう」

祐は正和の目を見なかった。こんな風に、人の視線を受け止めないで話すやつだっただろうか、と正和は考えている。それとも、長い年月人の視線を避けてきたことで、それが癖になったのだろうか。

「いつから創はおまえのところにいたんだ？」

「去年の六月頃だ。やつは原稿を書く約束をして、出版社から半年分の生活費を貰っとった。だけど、それを使い果たしてもまだ原稿が書き終わらんもんで、俺のところに転がり込んだんだ。……いずれ大金が入る。そうしたら、おまえにも分けてやるって」

「拒否しなかったのか？」

祐は自嘲的な笑みを浮かべた。

「できると思う？　協力しんかったら、俺が死我羅鬼潔の身内だってことをまわりにばらすって言うんだ。それに、俺にも金が必要だった。かあちゃんが認知症を患って、日に日に状態が悪化していた。ひとり暮らしはもう限界に来とったんだ。かといって、俺の方も貯金がないから仕事は辞められんし、かあちゃんを引き取ることもできない。このままでは共倒れだ。だから、なんとしても施設に入れたかったんだ」

理由はそれだけではないだろう、と正和は思った。祐は昔から創に頭が上がらなかったから、創に強く言われると、拒めなかったのだ。

「それで、お金は貰ったのか？」

「ああ。やつにしては気前よかった。印税の一割置いていった」

「一割って、いくらだ？」

「三百万」

「その金でおばさんを施設に入れたのか？」

「うん。おかげで助かった」

「嘘だ」

正和が即答すると、祐の眉がぴくっと動いた。瞼を神経質そうにぱちぱちまばたかせている。

「あの施設は前金で一千万必要だ、とＨＰに書いてあった。三百万だけじゃとても足りない。残りの七百万はどうした？」

祐は再びコーラを飲んだ。落ち着いているようだが、よく見るとマグカップを持つ手が震えていた。

「俺はひょんなことから取材記者の青木という男が書いた取材ノートを手に入れた。青木はこの事件をずっと追っていて、創の本はゴーストライターが書いたのではないか、と疑っていたんだ。そして、創のことを探していた。おまえのところにも、創の居所を尋ねて来ただろう」

祐は黙ったままコーラを飲み続ける。味わうというより、そうしないと間が持たないからのようだった。

「青木の言うのも、もっともだった。本人なら間違えないようなことがいくつか書かれていた。それはゴーストライターが書いたにしても、本人がチェックすれば気づく間違いだ。最初に書き出したのは、確かに創だった。だけど、この本はある段階から創の手を離れた。完成したものを創は見ていない。いや、見られなかったんだ、創はもうこの世にはいなかったから」

「いつ、それに気づいた」

祐の顔は真っ青だった。声も震えている。

「今の今まで半信半疑だった。おまえが認めたということは、やっぱりそうなんだな」

祐は返事をしない。その目に浮かぶのは驚きより哀しみの色だった。

「青木はしきりに創が書いた本にしてはおかしい、と俺に言っていた。最初はなんでそんなことを気にするのか、俺にはわからなかった。だけど、青木が死んでから気づいた。青木が気にしていたのは本の内容じゃない、創がどうなっているか、ということだ。青木は創が死んでいることを察知していたんだ」

しばらく沈黙が続いた。祐は内心の動揺を隠すように、何度もコーラを口に運ぶ。間が持たないので、正和もコーラを黙って飲む。一分ほど経って、ようやく祐が口を開いた。

「あれは事故だったんだ」

祐の手の震えは止まっていた。腹をくくったのだろうか。

「あれは最初の原稿を書き上げた直後だった。やつが酔っ払って本音を言ったんだ。『印税が入っても、おふくろのためにビタ一文使う気はない』って。俺はかっとなって創の頬を叩いた。それで、創が俺に飛びかかってきた。それでもみ合いになった。俺も昔の俺じゃない。仕事で身体は鍛えている。力いっぱい突き飛ばすと、やつは机に頭をぶつけた。それで、あっけなく死んでしまったんだ」

「なんですぐに警察に届けなかった?」

「怖くなったんだ。もし俺が自首したら、どんな騒ぎになる? 殺人鬼の弟はやっぱり殺人鬼と思われて、正当防衛は信じてもらえんだろう。それだけならまだいい。かあちゃんはどうなる? 自分ひとりじゃ生きていけんのに、俺がおらんくなったら誰が面倒をみてくれる? 金もない、殺人犯の息子ふたりの母親に、誰が同情してくれる? もし俺がおらんくなったら、かあちゃんは路頭(ろとう)に迷うしかない。いままでだって、創のために散々苦労してきたんだ。それだけはさせられんと思った」

振り絞るような声だった。それは事実だろう、と正和は思った。昔から祐は優しい子だったし、母親も祐を可愛がっていた。創が「弟ばっかり可愛いがる」とひがむほどに。

「もしかして、青木の事故もおまえが仕組んだことか? 青木の飲み物に何かを入れて……それで、先回りして階段から突き落としたのか?」

祐は、なんとも言えない顔をした。驚きでも哀しみでもなく、歯の痛みに耐えるように自分ではどうしようもないつらさに耐えている、という顔だ。

「やっぱり、まあ兄は気づいていたんだね」

「青木は死ぬ直前に居酒屋で誰かと会っている。その店の主人に聞いた風貌は、おまえの特徴に似ていた」

「やつは俺につきまとい、職場に居られなくしたくせに、ぬけぬけと連絡してきて『会って話がしたい』って言うんだ。『お兄さんにまつわる重大な話だ』って。それで俺の家まで来るって言われたんだけど、俺の方からそっちに行くって伝えた。ちょうど東京に行く用事があるから、って」

「それで、あの店で会ったのか？」

「そうだ。やつも書いとっただろ？　これで決着をつけるって。それはその通りだったけど、やつの思っていた決着とは違った。やつは得意げに自分の推理を語ってみせた。創が死んだこともやつは感づいていた。遺体を隠した場所も。そして、それを雑誌に書かれたくなかったら、それ相応の報酬を寄越せ、と要求をちらつかせた」

　正和は唾を呑んだ。青木は祐を脅していたのか。やつがこの件を執拗（しつよう）に追っていたのは、金が目的だったのか。

「……それで、やっぱり殺すしかない、と思ったんだ。もう、どうしようもないって。それでやつの隙をついて、酒の中に睡眠薬を入れた」

祐の顔がくしゃっと崩れた。泣きそうな顔になっている。その顔は、子どもの頃とちっとも変わっていない。

「やつには一日考えさせてくれ、と言って先に帰るふりをした。そして、やつの家に先回りして……。だけど、すぐバレると思ったんだ。検死すれば、薬を使ったことなんてすぐわかるだろ？ それで捕まるなら、それでもいいと思ったんだ。それなのに」

幸か不幸か、青木の件は事故として処理された。罪を裁かれる機会を、祐は失った。

祐はふいに正和の右手を両手で握った。

「ねえ、まあ兄、教えてくれよ。俺は間違っとったかな。創が死んだ時、すぐに自首すべきだったのかな。そうすれば青木も殺さずにすんだのかな。……あれからずっと俺は怖いんだ。創のことが。生きてた時よりずっと。何度も夢をみるんだ。創が死んだ時のことを。それで夜もまともに眠れない」

不幸な祐、と正和は思う。小さい頃は兄に虐げられ、事件の後は殺人犯の弟という十字架を背負って生きてきた。いっそ殺したくて兄を殺したのだったら、どれだけましだっただろうか。

「自首してしまえば、気持ちはきっと楽になる。そう思うけど、かあちゃんのことを考えるとどうしても言い出せんかったんだ」

祐はすがるような目で正和を見ていた。子どもの頃と同じ、実の兄よりも正和を頼りにして、きっと何かいいアドバイスがもらえる、と信じきった目だ。

どう答えたらいいか、正和は迷った。だが、すぐに考えがまとまった。情に流され、祐の罪を見逃してはいけない。

「……たぶん、それがおまえに与えられた罰だったんだ」

祐ははっとした顔で正和を見て、摑んでいた手を離した。

「俺に与えられた罰？」

「そうだ。正直である方が人間は楽だ。自分に嘘を吐かなくてもいいから。罰を受ける方が、かえって精神は自由になる。……言わない方が苦しく、後ろめたい。いつ嘘がバレるか、ずっと怯え続けなければいけないし、嘘がバレるのを防ぐために、さらに罪を犯すことにもなる。……いままでずっと苦しかったんだろ？」

祐は黙ってうなずいた。

「すぐに自首できなかった事情はわかる。その後、本を完成させてお金を作り、おばさんを安全な施設に入れることができたんだ。おまえはよく頑張った」

それを聞いて、祐の目から涙が溢れた。誰かに認めてほしかったんだろう、と正和は思った。

「だから、もういい。ひとりで苦しむことはない。自首して自由になれ。創のことも青木のことも、全部警察に話すんだ。あのお金が、きっとおばさんを守ってくれる。おまえは罪を償って人生をやり直すんだ。でなければ、一生創の影に怯え続けることになるんだぞ」

正和の言葉を聞いて、祐は哀しい目をした。こんなに哀しそうな目を見たのは初めてだ、と正和は思った。

「もし、ひとりで警察に行けないなら、俺がついていってやる。それに、裁判でもちゃんと証言してやる。おまえがどんなにおばさんのことを思って、苦しんでいたかってことを」

その時、ふいに正和は強い眠気に襲われた。それを振り払うように、祐に質問する。

「ところで、死体をどうしたんだ？」

「夜中にこっそり車で運んで捨てた。誰にもわからない、遠いところだ」

正和の目には、祐が二重に見えた。正和は頭を振って、見え方を戻そうとした。

「よくひとりで運べたな」

自分の声が遠くに聞こえる。

「重いものを運ぶことには慣れている。仕事でずっとやってきたから」

祐の声がさらに遠い。玄関の方でしゃべってるみたいだ。

「おまえ、……まさか俺に一服盛ったのか」

自分自身の声がプールの底でしゃべっているように、歪（いびつ）に響いて聞こえてくる。

「コーラの中じゃないよな……おまえも飲んでいたし。……そうか、カップの中に最初から入っていたのか」

身体の力が抜けて、座っていられなくなり、正和は肩から前倒しに崩れた。

なんの薬だ、と言おうとしたが、声は出なかった。油断していた。祐が自分に手を出すはずがない、と思い込んでいたのだ。

祐が立ち上がって、こちらに近づいて来た。正和の顔を覗き込む。祐は恐ろしいほど無表情だった。

初めて正和は恐怖を感じた。兄弟同様に育った二歳年下の幼なじみに。

まさか、俺まで殺す気か？　そう言いたかったが、言葉にならなかった。力を振り絞って祐の腕に手を掛けようとしたが、空（くう）を掴んだだけだった。

祐はまだじっと自分をみつめている。空虚な目だ。

やめてくれ、そう思いながら、正和の意識は深い闇の中に落ちて行った。

20

次に正和が気づいた時には、まだアパートの中だった。カーテンの間から光が見える。ここに着いたのは夜だった。もう何時間、意識を失っていたのだろう。まわりには誰もいなかった。祐はどこかに行ってしまった。

起き上がろうとすると、頭がふらついた。強烈な頭痛がする。ふらつきながら、正和は玄関まで歩いた。ドアノブを回す。ドアはあっけなく開いた。

よかった。閉じ込められたわけじゃない。

それから、所持品を確認する。財布もスマホも無事だ。無くなったものは何もない。頭痛がするほかは、身体にも異状はない。時間を確認すると、朝の六時二十分だった。

部屋の中を見回した。昨日の晩と比べて変化はない。机の上のパソコンが無くなっている以外は。それだけを持って、祐はまた逃げたのだろうか。

水道の水を出し、手ですくって飲んだ。洗ったマグカップがふたつ、流しの横に並べられていたが、使う気にはなれなかった。

それから、逃げるようにアパートを出た。靴を履こうとして、自分の靴がちゃんとつま先をドアに向けて揃えられていることに気がついた。祐の仕業だ。妙なところで律儀なやつだ、と正和は思った。アパートを出て、地下鉄の駅に向かう。実家のある駅とここは、わずか四駅しか離れていなかった。

　実家に着いたのは、まだ七時前だった。静かに鍵を開けたつもりだったが、和室から「正和？」と、声がした。

「ごめん、夕べは酔っ払って、友だちの家に泊まった」

　前日、正和は家に一度寄って、荷物を置いてから祐のアパートに向かった。夕食は家で食べると言ってたので、母は心配していただろう。

「そう、だったらいいけど」

　母の気遣う声から逃れるように正和は二階に上がり、自分の部屋のベッドに転がった。そして、まだ痛みを訴える頭を抱えながら、そのまま寝てしまった。

　浅い眠りの中で夢をみた。夢の中で正和は中学生に戻っていた。そこは正和の家の居間だった。テレビ画面には『ドラゴンクエストⅡ』の映像が映っている。ゲームをしているのは祐。秀和はそれを楽しげに応援している。祐はしょっちゅう全滅したり迷ったりと、とても上手なプレイはできていないが、秀和はこのゲームを遊びつくしているので、誰かのプレイを見ているだけで楽しいとばかりにはしゃいでいる。「おまえ、本当にそればっかりだよな」と、創はあきれ顔だ。正和自身はソファに寝っ転がり、コミックを読みながらゲームの画面を流し見していた。

夢の中でもこれが夢だとわかっていた。あの頃、当たり前だった光景。ずっと続くと思っていた日常。

温かいものが目のあたりに溢れる。

涙だ、と気づいた瞬間、目が覚めた。そして、唐突に悟った。

自分は勘違いしていた、と。いままで感じていた小さな違和感が一気に繋がって、ひとつの結論へと導いた。

ベッドから起き上がると、正和は部屋を出て、向かいの秀和の部屋をノックする。

「秀和、俺だ」

中から返事はない。

「秀和、祐はどこにいる。おまえ、知ってるんだろ？」

しばらくして、ドアが開いた。中から秀和が現れた。相変わらずジャージ姿である。

「どういうこと？」

いつもの囁くような小さな声で言う。

「とにかく、中に入れてくれ」

そう言いながら、強引に正和は部屋に入って行った。部屋の中は混乱している。六畳間にベッド、机、本棚がふたつ、その間に本とコミックの高い山がいくつも築かれ、隙間を縫うようにダンボールの空箱と、ゴミの入った大きなビニール袋がびっしり置かれている。窓にはダンボールが貼られて外界からの視線を遮断(しゃだん)している。滅多に換気をしない部屋には、甘酸っぱいような腐臭が漂っている。

とっさに、このゴミを全部捨ててしまいたい、という衝動に駆(か)られた。この部屋は秀和の精神状態そのものだ。荒廃して、すべてが停滞している。

「祐がどうした、っていうの？」

秀和の声で、正和は現実に引き戻された。

「おまえ、祐と連絡取り合ってるんだろ？」

秀和は馬鹿にしたようにふっと笑った。

「どうして、そう思う？」

「おまえが祐の共犯者だからだ」

「何を証拠にそんなことを」

「最初に引っ掛かりを覚えたのは、ＳＮＳに出た映像を観た時だ。創は東京郊外の医療少年院に収監され、そこを出た後も都内にずっといた。青木のノートには、都内を五軒転々として最後は江戸川区平井に住んでいた、と書かれている。だとしたら、名古屋より東京の生活の方が長い。俺もそうだが、そうなると名古屋弁は意識しないとしゃべれない。創のように出自を隠したい人間なら、なおさら方言は隠そうとするだろう。なのに、あの映像では微かに名古屋訛りがあった。あれは創じゃない。祐を誰か別の人間が撮影したものだ」

「それだけじゃ、俺が関わっているとは言えないだろう」

「祐は青木のノートの中身を知っていた。青木が最後の取材で『決着をつける』と、書いてたことを。なぜそれを知ってる？　ノートの存在自体、知ってるのは俺だけのはずなのに」

秀和の顔には、張り付いたような薄ら笑いが浮かんでいる。

「いや、そうじゃない。俺はひとりだけ青木のノートのことを話した。前に帰省した折に、キッチンにいたおまえに、だ。そして、その翌日、リュックに入れたと思ったノートが見当たらなかった。俺に気づかれずにノートを持ち出せるとしたら、おまえか、かあさんしかいない。ノートを読んだおまえは、祐に内容を伝えたんだ」

秀和は表情を変えず、無言のままだ。正和はかまわず話し続ける。

「子どもの頃の祐は勉強が嫌いで、文章を書くのも苦手だった。それなのに、創の原稿をわずか二ヶ月で手直しするなんてことができるだろうか？」

一方で、名前の通り秀和は子どもの頃から成績がよかった。作文も得意だった。

「創に協力者がいる、と俺はずっと思っていたけど、それは違った。創の協力者ではなく、祐の協力者だ。……それはおまえだったんだな」

やっとたどり着いた正和の結論を馬鹿にするように、秀和は鼻で笑った。

「それの何がいかんの？　友だちが困ってたら、助けるのは当然のことだが」

「おまえは知ってたんだろ。祐が創を殺したことを」

そこを説明しなければ、原稿を直す理由がわからない。すべて承知の上で秀和は引き受けたはずだ。

「どうして自首を勧めなかった？　ほんとの友人なら、そうするだろ？」

「だって、相手は創だが。死んでも誰も困らん。むしろ、死んだらみんなほっとする。創がまたひどいことをするんじゃないか、とみんなびくびくしとるんだ。そんなやつのために、祐が刑務所に行く必要はない」

「そうは言っても、人が二人も死んだんだぞ。創だけじゃない、青木も自分が殺したって祐は白状した」

「創は一人殺しとる。殺されたところで因果応報(いんがおうほう)ってことだ。それに、青木ってやつも同じだ。やつはペンで人を散々傷つけてきた。人のこころを殺すようなことを平気でやってきたんだ。俺が、青木も死ぬべきだ、と祐に言ったんだ」

背筋が寒くなった。やはり青木殺しにも、秀和が関わっていたのだ。筋書を書いたのは秀和だろう。祐単独の犯行だったら、もっと単純な方法を選んだはずだ。

「それに、創については殺したんじゃない。事故だった。祐は自首しようとしたけど、俺が止めた。もし、おまえが牢屋に入ったら、おばさんはどうなるのかって。おばさんのために黙ってろ、と忠告した」

「それで、死体はどうした？　そのままにはしておけないだろう？」

「絶対みつからない場所にふたりで隠した。死体がみつからなければ、犯罪は立証されん。青木のこともそうだ。警察は事故と断定し、遺体は荼毘（だび）に付された。証拠もないのに、いまさらどうやってそれを覆（くつがえ）す？」

秀和はうっすら笑っている。自分のやったことに満足している、というように。

「藤木創という人間は、殺されなくてもとっくにいなくなっとった。あの事件で名前を捨て、履歴も変えた。あいつの人生はまがいものだ。まがいものの隠れ蓑（みの）を取り外して、ようやく藤木創は素の創に戻れたんだ」

「じゃあ、なんで告白本を手伝った？　あんなものを出せば大騒ぎになって、昔の不愉快な記憶を思い出させるだけじゃないか。おまえも印税が欲しかったのか？」

「そんなんじゃない。創は出版社から執筆期間中の生活費として、まとまった金額を受け取っていた。それは後で支払われる印税で相殺（そうさい）されることになっていた。もし出版をやめることになったら、その金を返済せんといかん。そんな金、どこにある？　それに、おばさんの件もある。祐はおばさんを施設に入れるための金がどうしても必要だった。だから、本を書き上げるしかなかった」

「だから、おまえが書いたというのか？」

「そうだ。祐に頼まれて……祐はとてもそんな長い文章は書けないし、俺が書いているブログを読んでいたから、おまえなら書けるだろう、と言ったんだ」

「ブログ？」

「ゲームのブログだ。わりと評判がいいんだ。告白本も初めてのわりにはちゃんと書けてただろ。編集者にも褒められたよ。『最初の原稿を見た時はどうなるかと思いましたが、直しの原稿は完璧です。こちらの意図を十分に反映していただきました』って」

秀和は得意げだ。プロの編集者に褒められたことが、よほど嬉しかったのだろう。

「それに、予想通り本は売れている。俺がうまく仕事したって証拠だ」

「おまえは……告白本が世間を騒がすことを喜んでいるな」

「喜ぶだって？　馬鹿馬鹿しい。世間だなんてそんなくだらない人間の集まりが反応したところで、どうだというんだ」

「おまえだって世間の一員じゃないか」

「俺は違う。俺は社会の仕組みから逸脱している。社会に順応するためには、自分を殺し、思考を停止しなければやっていけない。この社会は不平等で、悪がはびこっている。うまく立ち回った人間が利権を得て、大衆から搾取している。新自由主義っていうもっともらしい名前がついているが、実態はそうだ。社会のシステムにそれが組み入れられているから、多くの人間は思考停止させて、命じられるがままに金や労働を差し出す。そうしないと、こころの安寧が崩れるからだ。企業や国の奴隷だと認めたくないからだ。思考停止はしていても、その不平等を嗅ぎ取っているから、大衆は誰かを攻撃せずにはいられない。潜在的に狂暴性を秘めているんだ。だけど、教育という名の洗脳で去勢された大衆は、それを行動に移せない。せいぜいネットで憂さを晴らすか、陰口を叩くかしかできない。そういうやつらにとって、創は英雄なんだ」

「英雄？」

「去勢されたやつらが、こころの奥に秘めている願望を実行したからだ」

「こころに秘めた願望だと？」

「女を支配し、弄び、殺す。そして、その行いで世間を震撼させる。テレビでも新聞でも注目され、その名前が世間の口の端に上る。無知蒙昧な大衆が望んでも決してできないことを、創はやってのけた」

「創が英雄なら、おまえはなんだというんだ」

「俺は、書くことで世間を動かした。俺の書いたものを、多くの人間が熟読し、評論し、語り合った。告白本はいわば英雄譚。俺はそれを書き綴った吟遊詩人のようなものだ」

　愚かだ、と正和は思った。吟遊詩人なんて、ゲームのやりすぎで頭がおかしくなってるんじゃないのか。それに、論理も破綻している。昔はもっと賢いやつだったのに。

「だけど、おまえはそれを自分の名前では出版できなかった。おまえは創の名前を騙り、内容を創作した。おまえのやったことは、ただの詐欺だ」

　正和の言葉を聞いて、秀和の顔色が変わった。正和はかまわず続ける。

「下劣な人間には創は英雄かもしれないが、まともな人間にとってはチンケな犯罪者だ。そして、その告白本は来年には完全に忘れられる。犯罪者が書いたものでも、本人のこころからの懺悔であれば、読者のこころを動かすこともある。過去にそれで評価されたものもある。……だけど、他人が書いた中途半端な告白本は、一時的に話題になったとしても、結局誰のこころにも響かない」

　秀和が凄まじい目つきでにらんでいる。その視線をまっすぐ受け止めながら正和は言葉を続けた。

「本を、読者をなめるな」

息詰まるようなにらみ合いが数秒続いた。しかし、すぐに秀和の表情が変わった。余裕を取り戻し、薄ら笑いを浮かべる。

「中途半端な内容になったのは、しょうがないよ。兄ちゃんにも責任がある」

「俺の責任？」

正和の背中がざわざわした。何か、大事なことを秀和が言おうとしている。そして、それは自分にとっていちばん聞きたくない話だ、という予感がした。

「田上紗耶香が殺されたほんとうの理由」

秀和は勝ち誇ったような笑みを浮かべている。

「あの漫画、『魔女の墓標』を創に教えたのは兄ちゃんだ。そして、田上紗耶香の存在を教えたのも兄ちゃんだ」

それを言われた瞬間、鋭い頭の痛みとともに、その時の光景が正和の脳裏に鮮やかに甦った。


正和の部屋のベッドに創が寝転んで漫画を読んでいる。ベッドを背もたれにして、祐と秀和はゲームボーイで遊んでいる。四人が正和の部屋に揃ったのは、ひさしぶりだった。正和は机で数学の問題を解いていたが、あまり集中できていなかった。

『すげえな、この漫画。リアルでぞくぞくする』

薦めた漫画を創が珍しく褒めるので、正和はちょっといい気分になった。数学の問題集をそのままにして、創の傍に移動した。

『だろ、これが俺の最近の一推し』

正和が示したのは、『魔女の墓標』のコミック本だった。発売初日に、新瑞橋（あらたまばし）のコミック専門店にわざわざ買いに行って手に入れたものだ。

『どれ、見せて』

祐と秀和も漫画を覗き込む。

『このヒロイン、誰かに似とる気がする』

創が言うと、からかうような口調で秀和が言った。

『兄ちゃんの彼女じゃない？』

『彼女って誰？』

創の質問には、そんなやついるのか、という驚きがこもっていた。

『加藤つぐみって人。学級委員で、兄ちゃんの隣の席に座っとるんだと』

『ふーん、うまいことやりやがって』

創までからかい口調で言うので、正和はあわてて否定する。

『違うよ、彼女じゃないよ』

『だけど、兄ちゃん、最近その人の話ばっかりしとるがね』

秀和の思いがけない指摘に照れて、正和は話を逸らそうとしたのだ。

『このヒロイン、加藤さんよりうちのクラスの田上紗耶香に似とるよ。髪型なんて、そっくりだ』

「それで、創は田上紗耶香の存在を知った。そして、実際に本人を見て気に入り、ターゲットに決めたんだ」

秀和は淡々と言葉を重ねる。

「嘘だ」

反論する正和の言葉に力はない。それが事実だと知っているからだ。

「あの時の会話を覚えている？　あれで創は刺激されたんだ」

『それにしても、この死体の並べ方、凄いね』

祐が言うと、正和は得意げに解説した。

『絵がうまいから、説得力があるよね。現実にはこんなきれいに死体を切断するのは難しいし、そもそも死体を傷つけることに対して、人間は本能的な拒絶感がある。だから、こんな風に死体を飾ろうなんてしないもんなんだけどね。漫画や小説の中だけのことだわ』

正和の言葉に、創は不満そうだった。

『ふうん、そうかな』

『そうだよ。もし、実際にこんなことを実行するやつがいたら、きっと大騒ぎになるよ。日本の犯罪史上に残る事件になるんじゃないかな』

『そりゃ、凄いな』

創がにやにやしている。このやり取りを面白がっているように見えたが、まさか現実に事件を起こすなど、誰に予測ができただろう。

「創は妙に兄ちゃんにコンプレックスを持っていた。隣のおばさんが、優等生の兄ちゃんをよく引き合いに出していたから」

確かに、おばさんはよく『正和くんは立派ねえ。それに比べてうちの子ときたら』と言ってたっけ。お世辞だと受け流していたけど、創はどうだっただろう。

「田上紗耶香を呼び出すのに、創は兄ちゃんの名前を使った。田上紗耶香は兄ちゃんに気があるらしいって誰かから聞いて、それを利用したんだ」

つぐみの懸念(けねん)はあたっていた。創の前に紗耶香を押し出したのは、俺とつぐみだったのだ。そして、紗耶香でなければきっとつぐみが殺されていただろう。

「事件発覚の後、俺ら三人は集まって相談した。もしかしたら、あれは創がやったことかもしれない。だとしたら下手なことは言わない方がいい。あの漫画のことも俺らは知らないし、あの時の会話もなかったことにしよう。兄ちゃんはそう言ったんだ」

正和の脳裏に、その時の様子が浮かぶ。祐と秀和はそれが大事なことだとは思っていなかった。それどころか、そんなことがあったことさえ忘れているようだった。あの漫画を創に紹介した自分だけがことの重大さを知り、怯えていたのだ。そして、持っていた『魔女の墓標』やほかの天神我聞のコミック本を処分した。

「兄ちゃんは都合よく記憶を封印して、それをなかったことにしてしまったけど、創は覚えていた。そのエピソードを、原稿を書き直す時に入れる、と言い張った。祐と創が揉めたほんとうの原因はそれだ。祐は兄ちゃんに好意を持っていたし、俺にまた迷惑を掛けるかもしれない、ということを恐れたんだ」

頭が割れるように痛む。忘れたいと思ったのは、まわりに迫害されたことだけじゃない。何より自分と事件とのほんとうの関わりを、記憶から消し去りたかったのだ。

そしてそれは成功した。いまこの瞬間まで、思い出すことはなかったから。

「それでも、創が言った通りに書かれたものが世に出た方が、兄ちゃんはよかったと思う？　世間は喜ぶだろうね。幼なじみの同級生の言葉に刺激されたって、なかなか興味深いエピソードじゃない？　そうすると、また兄ちゃんは世間の好奇の視線を浴びることになる。それでもよかったの？」

「俺ら、子どもだったんだ。……それに、創があんなことをするなんて、あの時誰がわかった？」

口にしながら、それが言い訳にすぎないことを、正和は自覚していた。あの時、創に言ったことが罪なのではない。それを大人たちに言わなかったことが罪なのだ。言わずに、なかったこととして、いままで生きてきたことが罪なのだ。

息が苦しい。

俺は罪人だ。

正和は両手で顔を覆った。秀和は勝ち誇って言う。

「兄ちゃんには、俺らを責める資格はない」

その時、ふいにドアがどんどん、と叩かれた。

「開けるわよ」

秀和の返事を待たず、母はドアを開けた。

「なんだよ、突然」

不愉快そうに秀和は母親をにらんだ。聖地に土足で踏み込むな、というように。

「落ち着いて聞いて。いま、警察から連絡があった」

「警察？」

正和と秀和の声が重なった。

一瞬、祐が自首したのだろうか、と正和は思った。しかし、母の言葉は違った。

「昨夜遅く、中区の雑居ビルから若い男が飛び降り自殺した。身元がわかるものは一切身に着けていなかったけど、唯一の手掛かりがポケットに入っていたメモ。うちの電話番号と正和の名前が書いてあったそうよ」

「俺の名前が？」

「おそらく正和の知り合いだろうから、警察に来て、身元確認してほしいって。あんた、誰なのか心当たりはある？」

祐だ、と直感した。横にいる秀和も同じことを思ったのだろう。真っ青な顔で、唇が震えている。

「行こう」

俺は秀和の腕を取った。

「嫌だ。そんな、まさか……」

「おまえも行って確認しないでどうする？　もし俺らの予想している通りなら、あいつはきっとそれを望んでいる」
　そうして正和は震えている秀和を、力ずくで部屋から引きずり出した。

21

　祐の死は自殺として処理された。深夜二時過ぎ、誰もいない雑居ビルにひとりで入って行く映像が、防犯カメラに残されていた。飛び降りた屋上にも、事件性を疑わせるものは何もなかった。さらに、遺書も残されていた。正和の実家の電話番号と名前を書いたメモの裏に、走り書きがあったのだ。

まあ兄へ

めいわくかけてすみません。
ぜんぶ、おれがわるいんです。
秀のこと、よろしくたのみます。

祐

正和は事情聴取された。親の介護と失業で本人が悩んでいた、と告げると、それが動機だ、と警察は判断したらしい。祐が創の弟であることを警察が知っていたのかどうかは、正和にはわからなかった。

なぜ、遺書が秀和宛てではなく俺宛てだったのだろう、と正和は思う。秀和では、こうした事後処理に耐えられないだろう、という気遣いだったのだろうか。それとも、最後に会った正和に、口止めを頼みたかったのだろうか。

いくら考えても結論は出ない。死者に疑問を投げても、答えてはくれない。

その死は新聞に載ることもなかった。日本では毎日五十人以上の人間が自殺している。いちいち新聞で報道はしない。祐の死もそんなひとつにすぎないのだ。

祐の叔父という人が、葬儀その他を取り仕切った。祐の母も車椅子で運ばれて来た。まだ六十代のはずだが、年より十歳は老けて見えた。それが自分の息子の葬式であることにも、気づいてないようだった。葬儀には祐がかつて勤務していた造園会社の人たちも訪れた。「まだ若いのに」と嘆く彼らの姿を見て、正和はわずかにこころが和らいだ。

その死を嘆く人がいるほどに、祐はちゃんと生活を営んでいたのだ、と。

秀和は葬式に出なかった。警察署の地下で祐の遺体と対面した時、

「なぜ、俺を置いていく」

と、号泣した。そうして、遺体に取りすがって動こうとしなかった。それを無理やり引き剝がして家に連れて帰ると、秀和はそのまま部屋にこもった。そして、正和や母の呼び掛けにも一切応えようとしなかった。時々ドア越しに聞こえてくるすすり泣きが、秀和がまだ生きていることを示していた。

葬式が終わった日の夜遅く、正和は家をそっと抜け出し、隣の家の庭に忍び込んだ。そして、かつてみかんの樹が植えられていた辺りに立った。何ヶ月か前に掘り返したというその場所は、悪意の野次馬に投げ込まれたゴミに覆われていた。それをどかすと、持って来たシャベルを使って土を掘る。ザクッザクッという音が、静まり返った住宅街では意外に大きく聞こえる。手を止めて辺りを見回す。灯りが点いているうちはない。

十分ほど掘り続けたところで、シャベルの先が何かに当たる。どきどきしながら正和はそのまわりの土をどけた。持っていた懐中電灯で照らすと、黒いビニールのようなものが見えた。そして、鼻を衝く異臭がする。何かが腐ったような、吐き気を覚えるほどの臭いだ。それに耐えながら土を払うと、ビニールはさらに見えてくる。それは思いのほか大きい。ビニールの上から触ってみる。固い、細長いものの感触があった。たとえるならそれは、腕か、足の骨のような。たどっていくと関節のようなものがあった。そして、その細長いもののまわりには、何かふにゃっとしたものがついている不快な感触がある。腐って、どろどろになった肉の残骸だろうか。

背筋に悪寒が走る。予測していたことなのに、目の前にそれがあるのを見ると、恐怖が込み上げてくる。手が震えて力が入らない。

もう十分だ。ここにあることを確かめられれば、それでいい。

ビニールの上に急いで土をかぶせ、元のように平らにした。そして、掘った形跡がわからないように周りに転がっているゴミを載せると、そこは元と変わらないように見えた。

音を立てないように気をつけながら、正和は自分の家へと戻って行く。玄関を入ると洗面所に直行し、水道で何度も手を洗った。あの、ふにゃっとしたものに触れた感覚を洗い流そうとして。

祐は青木が遺体を埋めた場所に気がついた、と言っていた。ノートに場所の記載はなかったが、ヒントは書かれていた。

死我羅鬼は何処へ？　案外身近なところ？　灯台下暗し？

身近なところとはどこか。居場所を転々とした祐にとって、唯一身近に感じる場所といったら、この家しかない。ここは最近、みかんの樹を伐るという目的で掘り返されている。そこに別のものを埋めることだって、たやすくできるだろう。それを請け負ったという造園会社の人間だったら。

この土地は住宅街のど真ん中でも、売れずにずっと残っている。持ち主である祐の母が認めない限り、契約は成立しない。認知症の母の代わりにこの場所を管理していたのは、息子の祐だったはずだ。祐がここを売らないと言えば、他人の手に渡ることはない。うちの母は造園会社の人間からここが売れたと聞いたらしいが、その後、ここに家が建てられる様子はない。おそらく売れたという話は造園会社の人間、つまり祐の吐いた嘘だったのだろう。

この場所は秀和の部屋から丸見えだ。もし誰かが気まぐれに掘り起こそうとしたら、秀和がそれを止めることができる、と考えたのだろう。そうして、ふたりは創の遺体を隠し通すつもりだったのだ。彼らの犯罪の唯一の証拠となるものを。

幼稚で単純な、でも、それだから逆にそれは成功したのかもしれない。勘のいい青木、そして俺自身が嗅ぎつけなければ。

正和は水道の水を止めた。そして、タオルを取ろうと振り返って、ぎょっとした。母がすぐ後ろに立っていたのだ。

「かあさん、起きてたの？」

「ええ、ずっと。……あんた、隣の家に行ってたね」

母は寝間着の上にガウンを羽織っていた。母は眠らず、自分のしたことを見ていたのだろうか。

「それは……」

「何を掘っていたの？」

「ええっと、それは……」

なんと言ってごまかそうか、と正和が口ごもっていると、母は冷静な口調で言う。

「あれは死体でしょう？　創くんの」

「かあさん！」

なんで母がそれを知っている？　自分がやってることを見ただけでは、そこまでわかるはずがないのに。

正和の疑問に答えるように、母は続けた。

「今から半年くらい前だったか、夜中に埋めるところを見とったのよ。秀和と、祐くんが」

「なぜ、祐だと？」

「あの日の午後、造園会社の人が来て、隣の樹を掘り起こしていた。その姿を見てわかった。名乗らなかったけど、祐くん、お父さんにそっくりだし。顔も声やしゃべり方も。祐くんが造園の仕事をしとるのは、おかあさんから聞いとったし。その時教えてもらった造園会社の名前と、祐くんが乗って来た車に書かれていた名前が同じだった。……それに、秀和が祐くんとネットで会話しているのをずっと立ち聞きしとったし」

　おっとりして、事件のことなど何ひとつ気づいていないと思っていた母からの、突然の告白だった。驚きのあまり、正和は言葉を発することができない。

「おかしいと思う？　ずっと引きこもっとった息子が、急に夜中に出掛けたり、誰かと長々と話をしとる。母親なら気にならんわけないがね」

　淡々と語る母が、逆に正和は恐ろしい。自分の知ってる母とは別人のようだ。

「それで、あんた、どうするつもり？」

「どうするって……警察に通報する。死体が埋められているって」

　罪を隠すことはさらに罪を生み出す。苦しみを生み出す。結局、祐はその苦しみに耐えきれず、死を選んだ。

「祐は創を殺しただけじゃない。雑誌記者の青木も殺したんだ。秀和にそそのかされて。……人が二人も死んでいるのに、見過ごすことはできない」

「それは許さない」

「どうして？」

「弟を犯罪者にするつもり？　死体遺棄と殺人教唆であの子が捕まるんだよ」

「そうなった方がいい。あいつは社会と接触せず、ずっとひとりだったから、おかしな考えに凝り固まってる。自分のしたことがどれほど悪いことだったか、ちゃんとわからせなきゃだめだ」

それをさせるのが、兄としての愛情だ、と正和は思う。いままでほったらかしにしてきた兄の、せめてもの償いだ、と。

「それに捕まったとしても、主犯である祐は責任を感じて自殺しているし、秀和が自白して反省した態度を見せれば、情状酌量で執行猶予がつくかもしれない」

母をなだめるために、正和はあえて楽観的な見解を述べた。母にも同意してもらいたかったのだ。秀和を自首させることに。だが、母は頭を横に振る。

「秀和がやすやすと捕まると思う？　そうなったらあの子は死ぬよ。いまだって、生きていることに絶望しているんだから」

「それは……」

「あの子がいままで何回自殺しようとしたか、あんたは知っとるの？　私と父さんが幾晩眠れぬ夜を過ごしたか。あの子の部屋の前で死なないように説得し続けたか、この家におらんかったあんたにはわからんでしょう?」

正和には答えようがない。初めて聞く話だった。秀和がそこまで思いつめていたとは知らなかったのだ。

「事件の後の数年間は、私も父さんもほんとうにつらかった。始終気を張りつめて、秀和の一挙手一投足を見張っていた。大事に育ててきた息子に『死にたい』と言われる母親の気持ちが、あんたにはわかるっていうの?」

母の目は据わっている。こんな母を、正和はいままで見たことがなかった。

「それが変わったのは、祐くんとネットを通じて再会してから。それがあの子を救った。死にたい、とは言わなくなった。いままた祐くんを失って、あの子がどれほど打撃を受けとるか。苦しんどるか。……それでもう十分、あの子は罰を受けとるでしょう」

『秀のこと、よろしくたのみます』という祐の最後の言葉の意味を、正和はようやく理解した。祐は予想していたのだろう。自分がいなくなった後の秀和の苦しみを。後を追いかねないほどの嘆きを。

それで俺に託したのだ。自分が全部罪を引き受ける。だから秀和を死なせるな、と。

「それに、どうして隣に死体があることがわかったのか、と警察に聞かれたら、あんたどう答えるつもり？」

「正直に話す。祐のことも秀和のことも。俺たち兄弟がどんな風に創や祐と関わってきたかも。……秀和だけ悪者にするつもりはない」

「田上紗耶香さんを、あんたが創くんに教えたことも？」

正和は目を見開いた。なぜ、それを母が知っている？　まさか、あの時の俺と秀和の会話を立ち聞きしていたのか？

その疑問を見通したように、母はうっすら笑いを浮かべた。

「十七年前、あんたが自分で私に言ったんじゃない。忘れたの？『おかあさん、どうしよう。創が田上紗耶香を犠牲者に選んだのは、俺のせいだ。田上さんが漫画のヒロインに似ているなんて俺が言わなければ、彼女は死なずにすんだのに』そう言って、私の前で泣いたじゃない」

正和は息ができない。決して思い出したくなかったこと。

床にうずくまる自分。背中から覆いかぶさるように自分を抱いて慰める母。

「その時、私は言った。あなたのせいじゃない。もしあのコミックを知らなくても、創くんは誰かを殺めたでしょう。むしろあなたに罪悪感を背負わせるために、彼はあなたの言葉を利用した。だから、あなたのせいじゃない。いくら嘆いても田上さんは帰って来ない。忘れてしまいなさい、このことは。覚えていればつらいだけだから」

そうだ、母はそう言い続けたのだ。俺の背中を撫でながら、何度も何度も。まるで暗示をかけるように。

そうして、俺はほんとうに記憶を封印してしまったのだ。

「だったら……なおのこと、俺は言わなきゃいけない。田上さんのご両親に。なぜ彼女が選ばれたのか、俺はそれを伝えなきゃいけない」

田上紗耶香の遺族だけじゃない、つぐみにも。その死の重みをいまでも抱えている彼女にも。

彼らには、真実を知る権利がある。

「やめなさい。そんなの、自己満足なだけなんだから」

「自己満足？」

「自分の罪を告白すれば、あなた自身の気持ちは楽になるでしょう。どのみち子どもだったし、勝手にそれを利用した藤木創が悪い。あなたを罪に問うことは誰にもできない。だけど、それを聞いた田上さんの親はどうなると思う？　十七年の歳月を積み重ねることで、彼らなりに娘の死を受け入れてきたはず。それがまた突き崩されてしまう。もし、あなたが藤木創に漫画を見せなければ、ヒロインに似ているなんて言わなければ、娘は死なずにすんだかもしれない。そういう新たな葛藤(かっとう)、あなたへの憎しみを生み出すだけ」

「それは……」

「青木さんの死についても同じ。仕事の恨みで殺されたと知るより、不幸な事故で亡くなったと思っている方が、遺族にとってはどれだけ救われると思う？　犯人が生きているならともかく、自殺してしまっては罪に問うことさえできないというのに」

　青木の妹は、破天荒(はてんこう)な兄だったけど仕事はちゃんとやっていた。まわりの人にも信頼されていた、と信じていた。金目当てで脅迫し、恨まれて殺されたと知ったら、なんと思うだろう。

「あの時言わなかったことなら、いまさら口にしない方がいい」

「だけど、それでは俺は……」

「それがあなたの罰。言ってしまえばすっきりする。言わない方が苦しい。だから、苦しい方を選びなさい。自分のためでなく、遺族のために」

『言わないことが罰』

　祐に告げた言葉が、ブーメランのように自分自身に戻ってくる。だが、正和は最後の抵抗を試みた。

「だけど、人が二人死んだんだ。秀和はそれに関わった。それが何も咎められないとしたら、社会正義はどうなるんだ？」

　母はきっ、と正和をにらんだ。

「正義を通して何になるの？　うちの家族は何もしとらんのに、世間から糾弾された。マスコミの誤報でさらにひどい目に遭った。だけど、警察は何もしてくれんかった。耐えるしかなかった。十七年経ったいまでも、後ろ指を指す人はいる。それでも、私たちはこの場所で生きていくしかない。これから先も。東京に逃げたあんたとは違う」

　東京に逃げた、その言葉は正和のこころを抉った。父や母を置いて、弟を見捨てて、自分は東京に逃げたのだ。

「だから、もうこれ以上、騒ぎを大きくするようなことはやらんといて。頼むから」

「かあさん……」

　自分は何もわかっていなかった、と正和は思った。父や母の苦しみも、秀和の絶望も。そして、自分自身のやったことでさえ。

「秀和が罪を犯そうが、考えが歪んでいようが、私はかまわない。生きてさえいてくれれば。そう思う私がおかしいというんなら、それでもいい。あの子が死ぬなら私も死ぬ。あの子をひとりでは逝かせない。だから、あの子を警察に売らんといて」

狂気じみた母の愛。だけど、それが崩壊しかけたこの家を、自分や秀和を、十七年もの間支えてきたのだ。

「どうか、お願いだから自分のためじゃなく、私のために黙っとって」

自分のためじゃなく、母のため。

祐もその言葉の重さに、自首するのをあきらめたのだった。

「頼むから」

正義よりも重いもの。それは確かにある。

「かあさん、ごめん。いままで俺は何も知らなかった。俺は……」

今度は俺がふたりを支える、正和はそう言おうとしたが、言葉にならなかった。

何を言っても、空々しく聞こえる気がした。

自分は母にかなわない。すべてを知って、それでも黙って子どもたちを受け入れていた母には。

母はうなだれている正和を引き寄せ、幼い子を抱きしめるようにぎゅっと両手で抱きしめた。正和はなされるがまま、ただそこに立っていた。

エピローグ

「椎野さん、こっちも返本していいですか？」

文芸書担当の学生アルバイトが正和に質問した。

「いいけど、敬語はやめろよ。きみの方がここでは先輩じゃないか」

「でも、椎野さんが東京で有名なカリスマ書店員だった、ってことは、みんな知ってますよ。最初から契約社員だし、俺らとは違います」

「それはちょっと誇張しているよ。俺程度の書店員なんてこっちにもたくさんいる。名古屋は優秀な書店員が多いことで有名だし。俺がカリスマ書店員なんて、おおげさだよ」

ここは名古屋の中心地・栄にある大型書店だ。二週間前から正和はここで働いている。名古屋に帰ることにしたと正和がSNSに書き込むと、すぐに馴染みの書店員の岸本が連絡をくれた。もし、こちらで仕事を探すならうちに来たらどうか、と。最初から契約社員待遇で迎えてくれるし、実績を上げれば正社員登用もあるという。岸本はいまの書店の店長であり、エリアマネジャーでもある。名古屋に帰ってからの仕事のあてはなかったので、正和はありがたく話を受けることにした。

結局、俺は本屋が好きだ。くだらない本もあるが、その何倍も何十倍もいい本はある。長く読み継がれる名作、ベストセラーにならなくてもこころにそっと寄り添ってくれる物語、膨大な時間を費やして研究された学問の成果、人類の知と文化の結晶。生きにくいこの世を照らす光のような本たちが、店頭から消えてしまわないように、俺は目を配り続けよう。

留めようとする人間がいるから、どの本もそこに在り続けられる。それを必要とする人の手に届けられる。

自分はそういう棚の守り人でありたい。

「それにしても、どうしてこっちに戻って来られたんですか？　東京の方が版元にも近いし、パーティやイベントに呼ばれたりするから、やりがいもあるんじゃないですか？」

正和が前の書店で文芸書担当を外されたことは、仲間内のＳＮＳで話題になっていた。その後すぐに退職したので、書店員仲間はいちいち理由を聞いてこなかった。退職の理由を勝手に想像して、気遣ってくれたのだ。だが、それを知らない人間には、無邪気に理由を聞かれることもあった。それにも正和はちゃんと答えを用意していた。

「家族の体調が悪くてね。俺が戻って来て、支えようと思ったんだ」

家族の病気をほのめかすと、それ以上詮索されることはない。その口実は嘘ではなかった。秀和を説得して心療内科に連れて行った。秀和はうつ病と診断された。それを克服させること、まずそこからだ。秀和が立ち直れば、いつかは罪を自覚し、悔いる日が来るかもしれない。それまで、俺は秀和の傍を離れない。

しゃべりながらもふたりは手を動かしている。この店は市内有数の大型書店なので、返本する本も多い。

通り過ぎて行く本、と本橋なら言うだろう。あいつは今頃どうしているだろう。ふと、正和は思った。つい先日、東京の友人たちに退職と引っ越しを連絡した一斉メールに、本橋から返信が来た。そこには児童書専門の出版社の二次面接に通った、と書かれていた。無事にその会社に就職が決まっただろうか。あいつが本との関わりをずっと続けられるといい。何も力にはなれなかったけど、それだけはここから願う。

「そうなんですか、それは大変ですね。……あ」

そう言って、学生バイトは手を止めた。

「どうした？」

「これ、騒がれたわりには、意外と寿命が短かったなと思って」

学生バイトが取り出したのは、死我羅鬼潔の告白本だった。最初は禍々（まがまが）しく感じたその装丁も、見慣れてしまったいまでは、ふつうの本と変わらない。

「まあね。世間の関心は移ろいやすいからな」

いまワイドショーを騒がしているのは、新大久保放火事件の犯人逮捕のニュースだった。犯人は韓国マフィアなどまったく関係のない、嫌韓の思想に凝り固まった中年男だった。好きな女性にこっぴどくふられ、その女性がＫ－ＰＯＰの男性アイドルのファンだったことから嫌韓にハマった。その恨みを晴らすために、イケメンカフェに狙いを定めたのだ。ワイドショーでは連日その男の生いたちや身勝手な動機、この事件が社会に及ぼす影響などを伝えている。美しい犠牲者たちの哀しい運命への同情から、あるいはニュースによって韓国の美少年たちの舞台やカフェを知った女性たちが、新大久保に足を向ける。火事の影響で一時客の減った新大久保の街は、犯人逮捕とともに賑わいを取り戻しつつある。

政治家と文化と国民は別。

一部の偏見に満ちた人間がいかに拳を振るわせようと、女性や若い人間の方が柔軟に、あっけらかんと差別意識を乗り越えていく。憎しみに凝り固まるより、相手のよい部分に意識を向けた方がいい。誰に教えられたわけでもなく、彼らは本能的に知っているのだ。

「これ、全部返本ですよね。それとも、一冊くらい残した方がいいでしょうか？」

学生バイトが、創の告白本の束を指差す。

「いらないよ。いまさら欲しがるやつはいないだろうし、いたとしても、ネットで古本を買えばいい。スキャンダルで売れた本なんて、話題に上らなくなったら読むやつはいない」

意外なことに、死我羅鬼本の売り上げが止まったのは、〝本人映像〟と言われるものが公開されてからだ。あの事件を特異なものにしていたのは、奇妙に儀式めいた殺害方法と、未成年ということで秘匿された殺人犯の心情や人となりだった、と正和はようやく気がついた。それが神秘性を生み、カリスマ性のある犯人像を作り上げていたのだ。

本が出た時には、その話題性に読者が飛びついたが、その内容を知り、さらに本人の映像を観ることで人々は気づいてしまった。この事件の犯人は人間離れしたモンスターなどではなく、単に早熟で愚かな少年にすぎなかったことに。犯人が語れば語るほど、神秘性は剝がれ落ち、ありふれた凶悪事件へと成り下がっていった。

そして、人々は飽きたのだ。もはや少年ではない、自己顕示欲の強い変質者について語ることに。もう口の端に上らせるのも億劫なほどに。

それこそが、俺たち兄弟や祐が、ほんとうに望んでいたことだったのだ。十七年経っても鮮やかだった事件の印象が、わずかこの数ヶ月で急速に色褪せた。もう世間に大きく取り沙汰されることはないだろう。

それは喜ぶべきことなのだ。それで自分たちの罪が消えるわけではないけれど、忘れること、忘れられることは、時に救いとなる。

ダンボールに残りの告白本をすべて詰め込んだ。そして、いっぱいになった箱を正和はガムテープでしっかり留める。

本屋の店先を汚す本、誰かを傷つけたり貶(おとし)めたりする目的で書かれたすべての本が、版元の倉庫に還って行くように。

そして、それらが二度と日の目をみることがないように、と祈りながら。

Special Thanks to Takashi Ouchi

解説

内田剛

本屋とミステリーは相性がいい。お客様からの問い合わせはタイトルや著者などが明確でないことの方が多く、まさに謎解きの毎日だ。店内も老若男女さまざま入り乱れ、あたかも人間交差点のようでもある。悪質な万引きに過剰なカスタマーハラスメント。事件とともに時計の針が刻まれて、精神的にも肉体的にも書店業務は過酷を極めている。

本書の親本は二〇二一年に刊行された『書店員と二つの罪』である。刊行当時に一読して驚き唸らされた。書店の裏表を知り尽くした著者にしか再現できない舞台設定はもちろんのこと、時を超えた事件を巧妙に繋ぎとめながら、出版業界の切実な問題にも切りこんだ骨太のミステリー作品としても出色の出来であったからだ。そんな著者の渾身作が『書棚の番人』と名を変えて、この度文庫化されたことは、誠に吉報であるといっていい。

読みどころ満載の一冊であるが、何よりも書店店頭をそのままに再現したリアリティーが圧巻である。現場の空気、温度感、人の吐息や鼓動までが手に取るように伝わってくる。元書店員である自分にとってもその記述は驚きでしかなかった。これはまるでノンフィクションのようだ。例えばＰ10の開店前のバックヤードの描写やＰ136のヘイト本の置き場所にクレームをつける客とのやりとりなど。本書に登場するセリフ、シーンは、僕自身が店頭で実際に経験したことそのままだ。

　この物語はひとりの人物が背負ってしまった「二つの罪」が軸となっている。過酷な業務に追われながらも、本を愛して誠実に棚づくりをし、お客様に良書を届けようとしている若くて有能な書店員・椎野正和（しいのまさかず）が主人公である。

　ストーリーが転がるきっかけは、社会を震撼（しんかん）させた十七年前の少年犯罪者の告白本の刊行であった。女子中学生惨殺というショッキングな事件。その犯人が中学時代の同級生であり、しかも共犯の疑いまでかけられていた彼の苦悩は計り知れない。

　無実ながら事件を防げなかったという「罪」。個人的に「売りたくない本」を会社の命令で売らなければならない、すなわち神聖な書棚を汚してしまう「罪」。真っ直ぐな人間としての心根と、職業人として矜持を持つからこそ、「二つの罪」による十字架が重たく肩にのしかかり、自分自身も「共犯者」であると深く思い悩むのだ。

　書店員としての正義を貫こうと闘いながら、その告発本から漂う違和感の真相を追求する。秘密を知る事件記者とのスリリングな交錯、鍵を握る図書館司書となった同級生との再会。現在の息詰まるような日常生活と、過去の甘酸っぱい記憶が繋がった時に見えた光景に鳥肌が立った。とりわけ終盤の畳みかける展開は手に汗握るエンターテインメントの極致。まさに至福の読書体験ができる濃密な一冊なのである。

書店員はいったい誰に、何を、どう売ればよいのだろうか。自分は常にお客様に向かって仕事をしているのか。会社や世間体ばかり気にして、本当に売るべき本を埋もれさせてはいないか。合理化の名のもとに失ってしまった「愛」と「情熱」の量は計り知れないほど大きい。

「売れる本」と「売りたい本」は明らかに違う。「売れる本」がいい本であるとは限らない。しかし誰にとっていい本なのかという基準も曖昧である。こうした逡巡は書店員であれば誰もが経験することであろう。「売りたい本」が売れない、「売りたくない本」を売らなければならないジレンマ。そもそも書店の利益率が低すぎるため、内容は二の次でも「売れる本」を売り伸ばさなければ、経営が成り立たないのだ。

書店現場の底なしの厳しさはヒューマンエラーではなく、システムエラーなのだと言われて久しい。上司からは「売れる本」を売った利益で、「売りたい本」を売れと指導されるが、そう単純なものではない。本ではなくて魂を売ってしまったのではないか。そうした現場のストレスは増していくばかりだ。

個人的な話題でたいへん恐縮であるが、これを書いている僕は一九九一年から約三十年、書店現場で勤務していた。思い起こせば出版物（紙の本と雑誌）の売上のピークが一九九〇年代の半ば。そこから業界はマイナス基調が続いている。もちろん書店も手をこまねいていたわけではない。二〇〇〇年を境に手書きＰＯＰのブームや、タワー積みのような販売促進の工夫、本屋大賞の誕生、ＳＮＳによる書店員たちの横のつながりなど、現場の空気は一変した。

碧野圭の小説デビューは二〇〇六年の『辞めない理由』であるから、売上不振に危機感を持った書店員たちが血眼（ちまなこ）になって「推し」の作家、作品を探し始めた頃である。著者の代名詞といえば「書店ガール」であるが、その記念すべき一冊目『ブックストア・ウォーズ』の発売が二〇〇七年であったことにも意味がある。出版業界が苦しい時代に突入していったからこそ、自分たちの職場である本屋をテーマにした作品を応援したいという想いが書店員の間でも浸透していったのである。

碧野圭自身はもともとライターであり出版社の編集出身であって、書店を外から見続けていた人だ。「書店ガール」の取材で実際に書店に研修に行き、内部事情を知ることとなるが、決定的なことは「銀盤のトレース」の販促から始まった「めざせ！書店訪問100店舗」(http://aonokei.cocolog-nifty.com/) というブログ記事だろう。

表題は「100店舗」でありながら、実際は約一五〇店舗の全国各地の書店を(自腹で！) 取材行脚(あんぎゃ)している体験は貴重だ。著者の眼差(まなざ)しは誠実にして的確。書店業務は極めて多忙であるため、なかなか自店以外の情報を得ることが難しいのだが、現在よりもSNSが盛んでなかった当時、このページの果たした役割は決して少なくはない。さらにこのブログが現在進行形で、アーカイブされていることも嬉しい。閉店した名店や退職してしまった名物書店員にも再会できるのである。

多忙ゆえに自分の守備範囲しか目が行き届かなかった書店員以上に、様々なタイプの書店を実際に見て、そこで働く人たちの本音を聞きだしていたのが碧野圭であった。僕の店舗も二〇一〇年（No.94）に取材いただく光栄に浴したわけであるが、この地道な取り組みによって書き手と売り手に明確な信頼関係が生まれたのだ。

様々な営業努力にも拘らず売り上げの低迷は続くタイミングで、出版業界にもひとつの転機が訪れる。店頭よりもネット販売の比重が高まり、電子化の波が押し寄せてきた。このままでは紙の本や書店がなくなるかもしれない。そんな議論に反発もできず忸怩(じくじ)たる思いで日々を過ごしていたのだが、それが一瞬にして激変した。二〇一一年三月十一日のことである。

被災地では一冊のマンガ雑誌が回し読みされ、書店でも紙の地図、詩集が売れた。開催を危ぶまれていた四月の本屋大賞も東北の書店からの要請で開催された。改めて本は、そして物語は人が人として生きていくためになくてはならないライフラインであることに気づかされたのである。

自然災害という目に見えない脅威を肌で感じた書店員たちが、改めて本の力を信じなければならないと悟り、これまで以上に「売りたい本」に持てる力を注いでいった。そんな二〇一二年に「書店ガール」シリーズが文庫化（ＰＨＰ文芸文庫）されて現場も活気づき、二〇一四年の第3巻目「託された一冊」には東日本大震災もテーマとなり、同年に第3回静岡書店大賞の「映像化したい文庫部門」大賞を受賞。さらに二〇一五年「戦う！書店ガール」としてＴＶドラマ化、そしてシリーズも二〇一八年に第7巻で完結し累計50万部を超える大ヒット作品となった。このあたりの流れは、偶然と必然が折り重なっているものの、こうすれば「売れる」という理想的なストーリーを見る思いがした。

平成から令和へと時代は移れども、書店をめぐる環境はますます厳しさを増している。町から書店が消え、過酷な労働環境から意欲のある書店員も退職せざるをえなくなった。書店のない自治体も増え、社会問題ともなっている。一方では個人経営の独立系書店が脚光を浴び、シェア本棚、無人の実験店舗など新たなタイプの書店も登場している。まさに混沌とした空気の中で利益を生みだす闘いの日々が続いている。そんな時代にこそ必要とされるのが碧野文学なのだ。

書店はどんな世代でも楽しめるテーマパークであり、心や身体の痛みを癒してくれるパワースポットでもある。読書は人生それ以上であり、物語の随所から本に対する愛が感じられる碧野作品を読めば、かならず書店に行きたくなるはずだ。

碧野圭は「書店ガール」だけではない。決して読み逃してはならない好著が目白押しである。『駒子さんは出世なんてしたくなかった』（PHP文芸文庫）は仕事と家庭の両立に奮闘するアラフォー女性の物語である。突然の抜擢（ばってき）人事から始まった闘いの日々。旧習との対立、信頼と裏切り、強烈なライバル関係、コロナ禍の逆境。重荷を背負いながら未来を切り開く姿に奮い立つ作品だ。

二〇二四年発売の最新刊『レイアウトは期日までに』（U-NEXT）は若きデザイナーと装丁家による共同生活の物語だ。人生の転機に待っていた奇跡の出会い。互いの個性を引き出し補い合う関係性。本に対する愛と仕事への熱量が人を動かす。忘れかけていた初心を思い出し、明日への希望が見えてくる一冊である。

シリーズものに目を移せば、フィギュアスケートをテーマとした「銀盤のトレース」（実業之日本社文庫）も印象深いが、ハートフルな日常ミステリー「菜の花食堂のささやかな事件簿」（だいわ文庫）や、弓道にチャレンジをする青春譚「凜として弓を引く」（講談社文庫）もまた文句なしにおススメだ。碧野作品はどれも背筋がスッと伸びるような清々しく温かな余韻（よいん）がある。どんな暗闇をも優しく照らし、明日へと踏み出す力を与えてくれるのだ。

ここまで書店店頭の販売員を一般的に耳馴染みのある「書店員」と表記してきたが、個人的に本を売るという行為自体は同じであっても「書店員」と「書店人」は違うと思っている。常に志を持っている者が「書店人」であるのだ。碧野圭の紡（つむ）ぎだす文学は間違いなく「書店人」たちの心に響き、明日への道標（みちしるべ）となっている。ひとりの作家という存在を超えて、「書店人」たちの同志、すなわち「書棚の番人」の仲間といっていいだろう。碧野圭の今後の活躍にも大いに期待したい。

（ブックジャーナリスト）

本書はＰＨＰ研究所より二〇二一年二月に発刊された『書店員と二つの罪』を、改題の上、加筆・修正し、文庫化したものです。

著者紹介
碧野　圭（あおの　けい）
愛知県生まれ。東京学芸大学教育学部卒業。フリーライター、出版社勤務を経て、2006年、『辞めない理由』で作家デビュー。2014年、『書店ガール３』で静岡書店大賞「映像化したい文庫部門」大賞受賞。翌年、「書店ガール」シリーズは、「戦う！書店ガール」としてテレビドラマ化された。その他の著書に「銀盤のトレース」シリーズ、「菜の花食堂のささやかな事件簿」シリーズ、「凜として弓を引く」シリーズ、『1939年のアロハシャツ』『駒子さんは出世なんてしたくなかった』『跳べ、栄光のクワド』『レイアウトは期日までに』などがある。

ＰＨＰ文芸文庫　書棚の番人

2024年５月21日　第１版第１刷

著　者　碧　野　圭
発行者　永　田　貴　之
発行所　株式会社ＰＨＰ研究所
東京本部　〒135-8137　江東区豊洲5-6-52
文化事業部　☎03-3520-9620（編集）
普及部　☎03-3520-9630（販売）
京都本部　〒601-8411　京都市南区西九条北ノ内町11
PHP INTERFACE　https://www.php.co.jp/
組　版　株式会社PHPエディターズ・グループ
印刷所　図書印刷株式会社
製本所　東京美術紙工協業組合

ISBN978-4-569-90399-6

PHP文芸文庫

書店ガール

碧野圭 著

「この店は私たちが守り抜く！」。27歳の新婚書店員と、40歳の女性店長が閉店の危機に立ち向かう。元気が湧いてくる傑作お仕事小説。

PHP文芸文庫

書店ガール2

最強のふたり

碧野 圭 著

新たな店に店長としてスカウトされた理子が抱える苦悩。一方、亜紀は妊娠・出産を控え……。書店を舞台としたお仕事小説待望の第2弾。

PHP文芸文庫

書店ガール3

託された一冊

碧野 圭 著

東日本エリア長となった理子が東北の書店で見たものとは。一方亜紀は出産後、慣れない経済書の担当となり……。大ヒットシリーズ第3弾。

PHP文芸文庫

書店ガール 4

パンと就活

碧野 圭 著

本屋に就職するか迷うバイトの愛奈。正社員かつ店長に抜擢された彩加。理子と亜紀に憧れる新たな世代の書店ガールたちの活躍が始まる！

PHP文芸文庫

書店ガール5

ラノベとブンガク

碧野 圭 著

取手店の店長になった彩加は業績不振に頭を悩ませていた。そこに現れたラノベ編集者の伸光による意外な提案とは。人気シリーズ第5弾。

PHP文芸文庫

書店ガール 6

遅れて来た客

碧野 圭 著

彩加の任された取手店が閉店を告げられる？ 一方、伸光は担当作品のアニメ化の話が舞い込み……。書店を舞台としたお仕事小説第6弾。

PHP文芸文庫

書店ガール7

旅立ち

碧野 圭 著

理子、亜紀、彩加、愛奈。4人の書店ガールたちが、葛藤と奮闘の末に見出したそれぞれの道とは。大人気シリーズ、堂々の完結編。

PHP文芸文庫

駒子さんは出世なんてしたくなかった

碧野 圭 著

私が部長になる？ その辞令は嵐の日々の始まりだった。女性の出世にまつわるトラブルを「書店ガール」の著者が痛快に描くお仕事小説。